AF258537

Grazia Velvet Capone

SETTE PORTE

(in alto)

Codice QR della Playlist del libro "Sette Porte"

7
SETTE PORTE

Ogni sensazione di sconfitta, ogni sensazione di vittoria che sperimentiamo nella vita deriva da un nostro atteggiamento che rispecchia le energie latenti. Alcune energie, però, sono impresse a fuoco dentro di noi da altre entità. Meditare, leggere, riflettere, pregare imprimono un diverso, un altro senso di marcia alla nostra direzione.

Grazia Velvet Capone

PREFAZIONE scritta a matita

di Gioann Pòlli

Tebe dalle Sette Porte, chi la costruì? Ci sono i **nomi dei re**, dentro i libri. Son stati i re a strascicarli, quei blocchi di pietra?

> *(Bertolt Brecht, da "Domande di un lettore operaio")*

Sette le scodelle sulla tavola del re… Ninna nanna mamma c'è n'è una anche per te.

> *(Zecchino D'Oro 1970, da "Ninna nanna del chicco di caffè")*

Ci sono **sette soli e sette lune, sette pianeti delle Pleiadi. Sette elementi** con la farina dell'aria, gli atomi…

> *(Théodore Hersart de La Villemarqué, da "Le Serie",*
> *o "Il Druido e il bambino", Barzaz Breiz)*

Sette racconti. Sette gioielli. Sette serie di emozioni. Questo è ciò che vi potrà sorprendere in questa nuova raccolta di scritti di Grazia Velvet Capone. Il sette, è noto, è numero sacro per tutte le visioni spirituali. E alchemico, per chiunque sappia scrutare oltre la materialità fisica e senta di essere parte di un sistema molto più complesso di ciò che è rilevabile con i cinque sensi.

Ciascuno di questi sette piccoli mondi vive già di vita propria. Ognuno di essi ha avuto una nascita, una storia, ha emanato le sue vibrazioni in diversi momenti dell'esistenza e dell'opera della loro autrice. Hanno brillato, coinvolto, emozionato, magari anche lasciato attonito il lettore nella loro forza visionaria.

Ora però questi sette gioielli diventano anche sette porte. O, meglio, sette portali. Varcati i quali si spalancano nuove possibilità di leggere ciò che chiamiamo realtà. Sette Porte regali come quelle di Tebe, ma costruite con la fatica e il sudore da persone che tutti i giorni raccontano la propria storia minima e al tempo stesso dilatata all'infinito.

Così Don Juan, lo sciamano così ben narrato dalla penna di Carlos Castaneda, e transitato per incanto nel Salone Alchemico di Grazia, ci accompagna verso un episodio cardine della vita dell'autrice svelato nel finale del primo racconto.

"Spezzare gli schemi è essenziale", sempre.

E allora può accadere che, a seguire, **Artemide** si inserisca nella storia umana, anzi nella cronaca di questa guerra infinita che nel momento in cui scrivo queste righe si accinge a compiere un anno di sangue, e provochi un esito imprevisto e imprevedibile.

In questo tripudio di Luna Crescente, anche una Donna afghana costruisce la sua vendetta, una Dea ambigua sembra dare conforto a un naufrago, due amanti si incontrano in un futuro senza amore, un'Ape Regina ritrova il suo Re, Ganesh è salvato dalla grazia materna che si sacrifica per lui mentre il treno, come Giano bifronte, è un ponte incantato tra il passato e il futuro.

Simboli, metafore, legami o soffi d'amore, un femminile sacro e indomito che pervade i percorsi lunari, spesso sussurrati e talvolta urlati nel silenzio delle anime ancora incapaci di un fremito in questo feroce deserto degli sguardi.

Tutte le sette porte sono qui per noi. Se le vogliamo varcare e lasciarci incantare, sta ora a noi indossare l'abito giusto, il pensiero aperto, scioglierci in un passo lento necessario per non perdere nemmeno un particolare, un gesto, un paesaggio di questo viaggio alchemico e regale, immaginario e reale, fantastico e razionale.

Torneremo più ricchi di possibilità, sereni per la quotidianità, consapevoli nella nostra scelta di voler essere anziché esserne obbligati. Il nostro terzo occhio diventerà il primo, la realtà differente pervaderà la nostra anima e anche il nostro grigio mondo consueto ritroverà colori e profumi iridescenti e inebrianti. Le porte sono ora aperte: a voi la magia per sapervi transitare.

Gioann Pòlli

Giornalista, autore

Parola di grafico

Non è facile spiegare con apparente disinvoltura quello che la mia mente "contorta" ha creato graficamente dopo aver letto i meravigliosi scritti di Grazia. Ogni porta è un viaggio... un cosmo diverso che ha fatto scaturire in me sensazioni ed emozioni.

Non sono passati più di cinque minuti fra la lettura e l'inizio della stesura grafica. Doveva essere così... istantanea e istintiva (due parole simili che coprono il mio orizzonte creativo a 360 gradi, sia nella grafica che nella prestidigitazione). Lo so, i disegni e i colori sono naif, quasi infantili (o forse no?), il vederlo definito a volte ha sacrificato la rifinitura per il significato immediato, brutto ma mio, anzi, di Grazia perché doveva rappresentare quanto da Lei scritto, o meglio, quanto percepito dal lettore.

Non vi annoierò oltre. Cercherò di spiegarvi, nelle pagine seguenti e in poche parole (che troverete a margine di ogni tavola) il senso della mia percezione, ma come sapete ognuno avrà la sua.

Grazia mi ha insegnato che tutti potranno specchiarsi nelle sue parole.

Giorgio Salidu (Magic Joe)

Prestidigitatore, autore

Bagliore

Sotto lo sguardo di molteplici occhi, qualcuno ha utilizzato l'idea di altri, facendola propria e incantando con essa. Il creatore (o la creatrice, in questo caso), nulla può fare se non essere consapevole di essere stato scintilla di un Cosmo da creare. La cecità di chi potrebbe semplicemente alzare lo sguardo rappresenta in maniera esaustiva i nostri tempi.

♈ Bagliore (Flares) ♈

Tragitto inverso

Avevo disegnato un piccolo tilaka tra le mie sopracciglia, adornato da una piccola goccia brillante di pietre azzurro-viola. Quel colore sembrò infondermi le sue vibrazioni.

Come mi accadeva spesso, ero in uno stato benefico di quiete, muta e deliziata. Tu non parlavi, Don Juan.

Don Juan mi guardava e io guardavo lui. Pensavamo la stessa cosa e io la ripetevo a labbra mute: "Torna a te stessa".

Intuizione e visione si aprirono un varco, in me, come un battello ebbro nel mare della coscienza. Di cattivi maestri è lastricata la bocca dell'inferno, mentre l'umile acqua, vera maestra e linfa di ogni vita, ci bagna d'ascolto silente e intride, materna, tutta la terra e i nostri corpi.

Chiusi i miei occhi, profondamente assorta.

Subito il mio sguardo interiore volò in alto posandosi vicinissimo alle alte fronde degli alberi secolari di Tindari immortale che splendeva solenne con il suo teatro, i mosaici meravigliosi spezzati dal tempo e fulgidi sotto i miei occhi. Potevo toccare con mano le maestose pietre due volte millenarie dell'antica Tyndaris e il contatto trasformava anche me in pietra cosciente. Ero immersa nel flusso circolare di un tempo senza fine né principio. Come un fiore di campo di un ciclo eterno mi sentivo, un fiore che si arrampicava tra le crepe dell'orgogliosa cinta muraria, spingendo la sua fiera esistenza ai margini dei bordi squadrati di pietra arenaria. Non era stato un caso che fossi tornata, dopo duemila anni, a vivere in quel luogo. L'energia era così forte che anche la pietra ne sembrava avvolta. Ero io sola a rivedermi viva tra quegli stessi blocchi di pietra, mille anni fa?

Mi vedevano le altre ombre, tutte immerse nei loro sogni? Ero io la Vestale svelata di quel luogo dove la Grande Dea, vestita di pepli candidi, in un millennio perduto, stendeva il suo manto stellato di perle?

Viaggiavo come una monade silente, come uno specchio del tempo e i miei piedi nudi indossavano calzari alati che calpestavano i ciottoli della città arcaica, brulicante di linfa, mentre le rosee dita dell'aurora solcavano il cielo.

Lessi dentro il mio cuore una commossa fusione con il lirismo, con una poesia millenaria che ritornava, circolando nel mio sangue per il tragitto inverso, ma dentro il nido del mio cuore. Un comando secco che sembrò provenire da dentro un tunnel gravitazionale mi trascinò bruscamente indietro dentro il mio io.

Ricapitolazione

Don Juan era fermo davanti a me e scrutava profondamente dentro i miei occhi ancora immersi nella visione. Lentamente si avvicinò alle mie spalle e girò la mia testa con dolcezza da destra a sinistra, varie volte. Era una tecnica di potere di cui avevo già sentito parlare e che veniva chiamata ricapitolazione.

Si attivò dunque un ricordo esatto che stavo rivivendo intensamente. La voce di Don Juan faceva parte della scena, ma era fuori campo, dentro la mia coscienza. In quel momento rivissi ancora il blocco evolutivo del mio incontro con il maestro.

Rivissi ogni attimo, ma adesso la scena si proponeva con un ordine differente, estratto direttamente dai miei ricordi, ma visto e descritto da un'altra angolatura e da un'altra coscienza: dallo stesso Don Juan. Era una procedura che con lo stesso sistema delle "matrioske", poteva essere ripetuta più volte incastrando letteralmente sotto altri punti di vista e angolazioni sempre differenti il medesimo ricordo.

Potevo rivivere e ricreare la medesima scena, fino a quando ne avrei stravolto completamente tutto il senso che negli anni avevo elaborato. La tecnica, potentissima e suggestiva, serve a cancellare e ricreare il passato sotto una prospettiva che dal passato al presente libera la mente da preconcetti, schemi rigidi e blocchi di energia.

«Avevi capelli lunghi e scuri – disse Don Juan descrivendo attento la scena – e un vestito aderente che avevi disegnato tu stessa. Occhi scuri vellutati, intensi. Portavi orecchini di argento e onice nera. Avevi una lettera chiusa in mano, una bellissima pergamena con inclusioni puntiformi argentate.

«Il maestro sapeva bene chi fossi tu. Anche se per lui eri una completa sconosciuta, ti aveva già incontrato nei regni sottili e aveva già avuto da te molti doni. Guardò nei tuoi occhi e ti riconobbe. Molti attimi sarebbero passati, ma un attimo così profondo in pochi l'avrebbero vissuto. La tua mano prese la sua mano, lui notò con attenzione le tue pupille estatiche, dilatate. In quel momento si interruppe il normale fluire del tempo. Fu quello l'istante in cui ti riconobbe, il suo essere interiore si fermò e ti ringraziò. Ciò che accadde dopo, appartiene solo al normale fluire delle cose.

«Non hai avuto bisogno di altro, Flares. La tua percezione adornava il suo cuore, indipendentemente dalle circostanze. Lo avevi sorretto a lungo con la tua percezione inconfondibile, con la tua appartenenza. «Flares, la pietra riconosce i disegni superiori. Ogni bagliore che nascondi diventa un raggio ametista che crea una realtà diversa, una realtà altra, da quella che altri vedono.
Sii umile, come il canto dell'usignolo, che non sa di accendere di gioia il cielo». Juan sistemò la sciarpa attorno al collo e si alzò, prese la mia mano e disegnò, insieme a me, una spirale sulla sabbia.
«Tutto ritorna», sussurrò.

L'agguato

«Sii spietato, ma affascinante. Sii astuto, ma simpatico. Sii paziente, ma solerte. Sii gentile, ma letale. La spietatezza non deve essere ferocia, l'astuzia non dev'essere crudeltà, la pazienza non deve essere negligenza e la gentilezza non deve essere stupidità.»
Don Juan aveva sistemato la sciarpa grigia e si era seduto al centro del cerchio. Emanava un'aria energica e forte. Appoggiò la bellissima pipa, con il lungo cannello rustico, accanto a lui e cominciò a parlare: «Spesso il mondo ci rimanda indietro, come uno specchio, l'immagine che abbiamo dato di noi stessi. Ci avviciniamo alle persone più problematiche solo per vedere in loro i problemi che sono solo nostri. Proviamo compassione solo per sentirci importanti e corretti. Ma, in realtà, la cosa più importante è liberarci dalle prigioni che ci uccidono. Siamo ormai prigionieri assoluti degli schemi mentali che altri e noi stessi abbiamo imposto alla nostra vera natura. Spezzare gli schemi è essenziale».

Rewind

Mi chiedi cosa ho visto?

Quando entrai mi colpì una scena assurda. Dovetti stropicciarmi gli occhi. Tu mi guardavi, come se mi avessi visto per la prima volta. Sorridevi... un sorriso così dolce che a stento lo rivedi nella vita di tutti i giorni. Percepii immediatamente un flusso di coscienza trascinante. Rapidissimi, i miei occhi riconobbero Don Juan. Avevo letto tutto di lui. I suoi occhi si fissarono nei miei. Alla fine ogni desiderio si avvera. Il vortice di coscienza mi colpì come una spada. Vidi luce, vidi le ombre che si nascondono nel buio. All'improvviso non fui più in mezzo a voi. Era passata un'ora, o solo qualche secondo? Non lo so.

So che avevo cambiato pelle, il mio corpo era ringiovanito istantaneamente, mi guardai in uno specchio, avevo poco più di trent'anni,
gli occhi erano splendenti come un tempo, sottolineati dalla sapienza
del kajal. Il corpo era tornato flessuoso e delicato. Mi pizzicai il braccio. Ero assolutamente viva e cosciente. Solo che ero dentro un'altra
porzione di tempo. Ero sempre io, ma rivivevo un altro tempo. Altri
atomi. Altra carne. Frutti acerbi e creatività a mille. Un tempo smaterializzato.

Riconoscimento

Non si poteva dormire in quella casa. Mi affacciavo accaldata e seminuda dalla finestra e mi sarebbe piaciuto vedere scendere gocce di
pioggia rinfrescanti, invece si alzava una terribile afa notturna, fumante sulla strada ancora rovente. Era d'agosto. Si soffocava.

Incessantemente e senza tregua, automobili, moto ed autoarticolati
transitavano senza alcuna interruzione. Decine e decine di mezzi motorizzati che strombazzavano, arrancavano, fumavano. Passavo le
notti in bianco. Mi sarei abituata sì, ma poco a poco.

Erano le 10 di sera. Ero da sola nella stanza, senza telefono nella mia
camera, senza cellulare, senza computer, proprio un altro mondo.

Libri tutti intorno a me: Yoga, Tantra, Astrologia, Arroyo, Barbault,
Poesia. Telepatia e veicolo eterico di Madame Blavatsky. Tutto vivo
in un grande calderone. Io scrivevo dalla mattina alla sera. Avevo un
solo mondo, il mio. Tutto il resto mi era inutile. Volevo solo ampliare
la mia coscienza. I libri di Carlos Castaneda erano tra i miei preferiti.
Don Juan era una figura di riferimento. Me l'ero scelta a mia misura.
Non comunicavo con chi mi stava intorno, questo era logico: ero di
un altro mondo, non mi riconoscevo con nessuno. Avevo inoltre seppellito il mio cuore molti anni prima, in una vita segreta. Ero sulla
terra per vivere di pensiero ed ideali. E avrei realizzato il mio fine.

Lui aveva occhi verdi e un sorriso obliquo, come obliquo era il suo mondo. Suonava male e cantava con una certa anima, un certo pathos. Ma certo, il talento lo perdi quando non sei circondato dalla giusta energia e lui si accompagnava solo con larve. Sarei sempre stata molto sensibile al suono delle voci e in seguito, molto fortunata, a vivere con una voce armoniosa accanto. Ma, a quel tempo, mi ritrovavo in mezzo ad anime misere. (Io) ero una nuvola viaggiante. No, non appartenevo a nessuno. Clorofilla e fotosintesi. Ero un vegetale con un bagliore di sole nel gambo. Vivevo in una terra di mezzo, dentro l'anima. Mi bastava la mia poesia interiore: un mondo completamente avverso a quello esterno che mi era nemico. Conoscevo il mio tema natale, avevo visto quella Luna che mi rifletteva nel vuoto e poi tutta quella luce, quanto bagliore, quanto sole, nel mio nome segreto che era Flares, fiamma solare. Il mio soprannome, conosciuto da tutti, al contrario, era il mio doppio, l'ombra: "Cenere". Come Cenerentola che risplende solo nella vita notturna, circondata da maghi e presenze benefiche. Gli altri non vedevano la mia luce, non potevano, semplicemente. Anzi alla fine io riflettevo, priva di ego come sempre sono stata, come uno specchio, tutte le porte karmiche. Ero un portale dove il karma familiare poteva penetrare e brulicare, formando brecce urticanti, soprattutto nel mio cuore. Sempre e per sempre.

Ascoltavo musica. Claudio Rocchi, Doors, Traffic, i Renaissance, Battiato.

Già, Battiato.

Quel pomeriggio ero stata da Ennio. Da lui e dai suoi tarocchi che sapeva leggere alla perfezione. Mi guardava in un modo inconfondibile, gli piacevo e molto, ma certamente io non me ne rendevo conto. Ero tutta da nascere ancora, ero non-nata. il ragazzo di Hamas, mi diceva, con la sua voce melliflua e mediorientale: «Amo le donne complesse, composite». La sera che s'innamorò di un'altra ebbi la visione – del tutto naturale – del loro amplesso pieno d'amore. L'anima, talvolta, è solo un sacco brillante, elegante e vuoto. Avevo conosciuto la perversione, avevo conosciuto il gelo. Io ero carta bianca. Dovevo farne esperienza.

La stesa dei tarocchi aveva suscitato due lame: Gli Innamorati e Il Sole. Il Sole, la mia carta, il mio astro guida. Tutto il buio che mi circondava si convertiva in una esplosione interiore. Ennio lesse: ci sarebbe stata una mia opera che avrebbe brillato come una stella nel buio, come brilla il sole, nella coscienza nuda, unendomi (per sempre) a un essere speciale.

Ma per sempre tutto ciò sarebbe stato taciuto, rubato, e avrebbe adornato altre vite. Non ci sarebbe stato nulla da fare. Per molte vite avrei chiesto che la mia poesia nascesse sotto le mie mani. Ma appena nata essa sarebbe stata da me stessa donata. Come in un dono incessante.

Come l'acqua che scorre.

La mia opera viva era nata in quella notte di afa. Lo spirito delle dee madri era entrato nel mio cuore di fiamma. Come la spuma da cui nacque Venere, come l'acqua che disseta la terra, nacquero parole d'amore che nutrirono quella porzione di terra. Immagina un cardine chiuso da mille anni:

«La dea può aprire ciò che è chiuso e chiudere ciò che è aperto». Nacquero quella notte parole che vennero cantate da tutte le generazioni. Il salto triplo e fortunato nell'abbondanza della creatività. Un grande onore, un grande furto, una ingiustizia che divenne perenne.

Incontro

9 dicembre 1998

Quando vidi lui per la prima volta, con me c'erano Venilia e Marcus che sarebbero stati i custodi che mi avrebbero offerto le chiavi di quel giardino segreto, di quell'incontro magico, anche se io ancora non lo sapevo. Lui guardò la mia amica Venilia, bellissima. La gonna cortissima le copriva appena le gambe affusolate, con le cosce scure e scattanti di muscoli tesi. I suoi occhi bistrati sapevano di ardori muti. Lo sguardo era quello ardente di una sirena. Indubbiamente poteva essere notata anche da lui che guardò dentro i suoi occhi con attenzione. Al contrario io, ai suoi piedi, chiesi il mio riconoscimento. Ero stata io a scrivere le parole di quelle canzoni che lo avevano reso immortale ad ogni strato di persone. Uno tsunami di consensi.

Canzoni che avevano sparso una dedizione immensa, come se contenessero un cuore magico. Suo, ma anche mio.

Come nel peggiore dei mondi lui si offese e mi offese. Penetrò il suo sguardo nel mio, che era deliziato e inconscio. Mi accarezzò con gli occhi, in un profondo ed involontario sussulto irrazionale. Mi guardò nell'anima: vide le mie pupille estatiche dilatate dall'emozione, nessuno mai avrebbe creduto a me, poteva con serenità offendermi e negare. Lo spazio era protetto. Non vi erano pericoli di sorta. Poi si riprese. Con moto di fastidio il divo mi offese con grande facilità. Calcolatore, cinico, maschio e potente.

«Tu vaneggi»

Così incisa, quella frase, da scorticare ogni certezza. Il reale ridotto a zero. L'attenzione di chiunque per sempre mutilata (quante persone, a conoscenza della storia, l'avrebbero negata? Tutte!) Intanto, tutto l'amore donato sarebbe arrivato a lui per la via sinistra, perché quella dritta era smarrita.

Ancora un altro uomo avrebbe negato l'esistenza di una donna. Ancora un altro uomo, Maestro. Per questa volta, anche tu maestro, avresti negato questo travasamento di linfa. Un omaggio negato al femminile, a me, incredibile, e immortale.

Ovidio disse di Cardea: «Può aprire ciò che è chiuso. Può chiudere ciò che è aperto».

Tu, maestro, mi hai insegnato a camminare sul lato verde della strada. Un luogo umido e sacro. Mi hai offerto uno sterminato campo d'azione. Ma eccomi qui, nel destino di ombra che accompagna le figure femminili in questo mondo, dove Marte ha tutti gli onori. Il tuo insegnamento collide con la tua anima, con il tuo comportamento con me.

Collide.

Stride. Maestro.

Erode ogni ardente passione,

Avrà un costo, tutto ciò, e lo sai.

Come una Pizia io ti parlo, mio Flamen Dialis. Sacerdote di Giove, dagli onori sterminati, che non guardi l'umile Flares che brilla nel buio e non vedi l'atomo del suo bagliore sterminato nell'oscurità.
Il suo nome sarà nei mille nomi. Nei bagliori di fiamma che accendono i nostri cuori. Il suo riconoscimento è inarrestabile e vicino. Perché ognuno deve tornare. Ognuno ritorni alla sua stella e che ciò sia scontato e ineludibile.

by HAGL JOE

 Lo splendore della contemporaneità, un dardo antico scagliato contro il destino che muta inesorabile. Burocrati incravattati cadono giù dalla loro stessa tracotanza, incapaci di distinguere il loro precedente mondo (sorretto solo da chimere) da quello che la follia ha accidentalmente creato. L'attuale conflitto in corso rappresenta il mescolarsi di idee, prepotenze, presunti diritti e false innocenze. "Ognuno decida dove stare". Basterà un dardo per capire.

Ϋ Lo specchio di Artemide Ϋ

"Torno a cantare il bene e gli splendori
Dei sempre più lontani tempi d'oro
Quando noi vivevamo in attenzione
Perché non c'era posto per il sonno
Perché non v'era notte allora."

Grigia mattina d'inverno. L'inverno umido siciliano che porta l'acqua marina tra le braccia e riversa nell'aria miliardi di goccioline disperse di umidità.

Il gelo entra nelle ossa, con la strana sinergia di un cielo azzurrissimo rifrangente alla copiosa e umida rugiada, un cielo toccato e benedetto dalle rosee dita di Iride.

Sono così smarrita.
Sono così sola.

Perché il mio essere e la mia vita sono così discordanti? Chi è questo essere supino che vive una vita che neppure percepisce e sente, tanto la vive "da lontano"? Cerco uno scopo per la mia ESSENZA.

Nel mio corpo migliaia di sistemi, io a quale appartengo?

Sì, dicono di me che io sia fredda, glaciale, inerte, anaffettiva. Quello che io noto è diverso. Sono la riserva aurea di personalità barocche. Tutte si centrano verso me. Sono lo sbalordito ristagno di richieste affettive e di attenzione imbarazzanti, un ricettacolo di esseri improbabili. Si accostano a me come a un ricco banchetto ravvisando nella mia superficie non increspata una scusa per rivalersi sulla vita. Si cibano come parassiti. Creo tensioni con la mia sola presenza, anche nei tanti silenzi.

Se vi raccontassi la sintassi delle personalità barocche che ho conosciuto, con cui mi sono rapportata, non riuscireste a credermi.

Le attiro perché sono vuota come uno specchio lunare.

Oh quanto desidero la soglia!
La rugiada calza i miei piedi come un alare, l'erba rigogliosa mi offre la sua energia freschissima del primo mattino. Percepisco gli umori delle foglie alle caviglie, rabbrividisco.

Un raggio di sole cattura la mia attenzione. Si posa su un frammento argentato e **lunare**. Il raggio ha trovato una scaglia di specchio nel mattino, l'ha colta nell'umida erba densa di clorofilla solare.
Nel frammento, i miei occhi: belli, vellutati, profondi, lucenti. Hanno un'energia di luce. Il tempo già li vela. Presto sarò irriconoscibile a me stessa. Il mio naso importante, ma dolce, con la punta arrotondata, le labbra perfette, morbide, dal color aranciato di bacche. Il labbro inferiore è leggermente prominente, desideroso di suggere dalla vita le essenze più fervide.

Chi mi guarda dallo specchio?

Una lacrima, una sola, da questi miei occhi asciuttissimi, bagna il frammento. L'iridescenza di questa piccola goccia/frattale apre, nel frammento, una caleidoscopica irrealtà da cui sono risucchiata come, dicono, succeda nei viaggi astrali.
Esco dal mio corpo e lo guardo: esso è inerte, come addormentato sull'erba iridescente. Oh piccola morte! I miei piedi adesso vestono leggeri calzari e il corpo è ricoperto da un corto chitone di cotone grezzo, l'himation, che sulla spalla vela appena il seno, sontuoso e pieno. La pianura è deserta. Ombre nello sfondo mi si avvicinano.

Eccole, le mie sorelle.
Cavalli maestosi sfiancano il terreno, dai loro occhi scaturiscono nobili saette. Improvvisamente appare lei, la *nostra* Artemide.
Bellissima, una mansueta cerva inonda d'amore il nostro cerchio. La dea è al centro, seduta su un gradino naturale, la cerva giace ai suoi

piedi e la faretra densa di dardi d'oro, poggiata poco lontano, brilla iridescente. Verso chi sarà scoccata la freccia?

Anche se lei è la dea del pudore, a noi sorelle che con amor denso la amiamo, espone il suo nudo corpo. I seni adolescenti hanno punte scure e potenti, capezzoli duri e vergini, il suo corpo maestoso dai fianchi possenti riempie il cerchio di ricchi coni d'ombra, l'umida, riccioluta fessura vergine si nasconde misteriosa tra le cosce, salde come torri eburnee. Lunare, la sua fronte è adorna di una piccola stele di luna crescente. Chi mi chiamava "**Luna Crescente**" nel mondo da cui provengo? I miei ricordi sono liquefatti dalla luce lunare che proviene dalla fronte della dea. Com'è bello stringere le mani delle sorelle in un cerchio magico. Vibro come arpa. E io sarei anaffettiva, io sarei il pasto di personalità morbose? Dove, in quale mondo? Non in questo. Eccomi Artemide, mi perdo fino a percepire l'essenza della femminilità, il magico potere femminile, il verso estatico del multiverso che si nutre di raffinatissimi idrogeni.

Mentre estatica e sognante ti ammiro, il tuo sguardo si posa proprio su di me.

Come umidi occhi di levriero, il tuo sguardo mi ammanta d'amore. M'innalza, come foglia dorata al tuo cospetto.

Dal tuo occhio, come dardo, il mio cuore viene infilzato. So che vedi il mio incessante fluire, mentre una forza magica mi fa volare, letteralmente, ai tuoi piedi, o dea.

La tua voce è l'estasi estrema, per me che vivo di suoni e musica. Ecco, essa accarezza le mie orecchie, portandomi nel cuore della **sapienza** e del mistero.

Quanto è possente la tua presenza, quanta forza emani, Artemide. Mi guardi e mi parli e la luna crescente sulla tua fronte rifulge, lattea, con la sua lunare luce argentea e iridescente.

Mi parli, dea:

«Preservate il focus della femminilità, essa dev'essere così intensa da sfidare le troppe attuali ombre. Per quanto tradita e umiliata sia stata, anche per vostra mancanza, voi celebràtene la pura forza celeste. Lo spirito femminile quando è intatto e incontaminato è la potente forza che regge Madre Terra.

Il tuo corpo sia casto.

La tua mente accesa come il fuoco, il fuoco che ti consegno affinché tu lo custodisca integro».

Dalla sua faretra un dardo estrasse, lo conficcò nell'arco d'oro, mirò al mio petto e con esso mi trafisse il cuore.

Il fuoco della ferita mortale si diramò in fiamme che avvolsero la mia anima. La vidi accartocciarsi, incenerirsi e bruciare e come la fenice, infine risorgere, rifulgente. Come rinfocolata da mille soli, la pura essenza di me brillava, come eterna: eccomi dunque.

I tuoi occhi mi guidavano, o dea e come in volo la mia anima correva come il vento, spargendo un manto di fuoco. Mi prendesti la mano, diventai acqua, avevo abbandonato per sempre il mio corpo i suoi limiti e i dubbi. Mi ero affrancata. Leggera e libera adesso la mia forza psichica non possedeva confini. Ero, io, forza primordiale.

Acqua e Fuoco, Aria e Terra. Energia pura. Potevo dissolvermi e ricostituirmi, penetrare nel cuore e nelle menti come nebbia psichica, ero spirito puro con un suo potere vasto, totalmente libero dalle leggi terrestri.

A un tratto un'onda d'urto, feroce, mi colpì. Finii a terra, come soggetta ancora a leggi fisiche.

Circondata dal fuoco, dal gelo, da una paura che serrava in una morsa crudele l'ampia coscienza in cui mi trovavo, caddi in un tunnel profondissimo e mi trovai risucchiata nel corpo di una giovane donna.

Ah, il dolore atroce delle ferite dell'anima! Sanguinavo, è vero, ma era il mio cuore a provare ogni più crudele amarezza, ero di nuovo dentro l'onda d'urto delle dinamiche terrestri.

Guardandomi intorno vidi che facevo parte di un'armata militare. Era scoppiata una guerra in Europa, nell'anno di grazia 2022. Era il gelido mese di febbraio, nei giorni che attengono al segno dei Pesci, il segno delle porte del dolore e della percezione.

Avevo una divisa russa, un fucile in mano, ero una donna, un soldato armato e morente.

Una folata di vento gelido mi tagliava il viso con il suo rigore, il pesante Kalashnikov ingombrava ancora le mie mani serrate e pesava sul mio petto affannato, sanguinavo copiosamente dal costato. Ci avevano ammassati lungo i confini della città di Donetsk, la capitale di una delle regioni separatiste dell'Ucraina orientale. Al seguito di molte colonne di veicoli militari, inclusi carri armati, eravamo finalmente giunti alla capitale ucraina, Kiev, la città degli ori sciti.

La resistenza era stata piegata, avevamo conquistato la capitale, ma l'Europa era insorta rabbiosa come mai prima d'ora .Nonostante il mondo fosse invaso da guerre, le quali facevano prosperare intere famiglie e Paesi dell'Occidente (dalla Germania alla Francia, dagli Stati Uniti all'Italia), nonostante migliaia di persone fossero massacrate tutti i giorni in ogni dove, in ben settanta nazioni, dall'Iraq al Mozambico, dall'Egitto alla Siria e nello stesso Donbass in Ucraina, la guerra tra Russia e Ucraina aveva infiammato i cuori europei come non mai.

Come un sol uomo erano insorti atenei, organizzazioni olimpiche, comitati paraolimpici, comandi militari, organizzazioni commerciali e migliaia di civili. Mai avevamo visto ergersi in epoca moderna tanto dissenso ideologico e ripercussioni così articolate da parte della civiltà organizzata *contro la cultura e le prerogative dei nemici* di

guerra, effettuando perfino ritorsioni contro *gli autori dei nemici,* morti almeno due secoli prima. *"Cancel culture"* l'avevano chiamata. Tutti gli scrittori russi erano stati cancellati dalle facoltà degli atenei, le nazionali sportive russe erano state rifiutate, le olimpiadi dei paraplegici facevano a meno degli affiliati russi, la Biennale di Venezia aveva cancellato dalla manifestazione tutti gli artisti russi (tra l'altro antiputiniani) e persino i gatti, provenienti dalla Russia, furono esclusi dai concorsi internazionali di bellezza felina.
Nel frattempo Zelensky, l'*eroe*, infiammava i cuori.
Per "fare" la guerra bisogna essere sempre in due, e di fronte a un folle, di converso, ce ne vuole SEMPRE un altro corrispondente. In questo caso erano anche più di due. Ecco, tutti i ruoli erano ricoperti.

Tutto ciò che ha a che fare con l'**energia** umana e planetaria è sempre una partita doppia: possiamo fare la nostra parte e rispondere e corrispondere… oppure lasciare cadere nel nulla l'energia maledetta, che giaccia negli inferni della specie, senza che nessuno mai la raccolga e quindi la diffonda.

Era, purtroppo, vero: questa guerra sarebbe stata quella definitiva. La situazione era precipitata. L'Europa stava armando delle enormi milizie e dagli avamposti Nato stava sorgendo una potente controffensiva. La risposta non si era fatta attendere. Putin aveva annunciato a reti congiunte in tutto il territorio russo che sarebbero state usate - per prime - le letali armi termobariche. I missili termobarici, detti anche *"vacuum bomb"* esplodono formando una fortissima palla di fuoco che sviluppa temperature elevatissime, bruciando così tutto l'ossigeno circostante e producendo un'enorme onda d'urto. I veleni esplosivi di questa bomba sono nebulizzati in particelle finissime che penetrano anche dentro i ripari e perfino dentro i bunker, bruciando, per prima cosa, i polmoni dei disgraziati esseri viventi coinvolti.
Pensando a questa perfida descrizione di genio applicato della cattiveria umana, una forma di potente nausea annebbiò il mio sguardo celeste, celato al mondo.

Putin, però, proseguiva:

«In seguito, se la Russia incontrerà ancora resistenza, toccherà alle Nazioni più lontane sperimentare la forza nucleare di madre Russia».

Eccolo, era pronto a tutto:

«Ai russi non interessa vivere in un pianeta senza la Russia».

Le potenze nucleari contrapposte non mostravano alcuna forma di razionalità: toccava alle milizie celesti intervenire. Chiusi le leggere palpebre del corpo non mio: **Artemide** mi apparve, perentoria, negli occhi del cuore, situati dietro la mia casta fronte.

La ferita che sanguinava dal petto di Iskra, il soldato in cui mi ero reincarnata, si era improvvisamente rimarginata. Ritta in piedi, sperimentai una forza mai vista. Animare di nuovo un corpo umano, essendo una forza sottile e multipla, ti offre una potenza non più umana, ma estrema, inaudita.

La situazione era spasmodicamente difficile. Nel palazzo segreto dove adesso mi trovavo di guardia insieme alla mia milizia stava per arrivare lo stesso Putin. Zelensky, l'*eroe*, era rinchiuso in una stanza, sorvegliato da un'intera squadra di uomini. Il palazzo era la residenza privata di Putin, un luogo definito *"il più sicuro di tutta la Russia"*. Si trovava sul Mar Nero, nella città di *Gelendzhik*.

Putin il vincitore si avvicinava con passi marziali, il petto gonfio d'orgoglio, gli occhi freddi da rapace. Sarebbe stato ricordato nella storia come l'uomo che aveva ricostruito l'Impero Russo e fermato la folle e ipocrita corsa all'oro degli occidentali. Nell'altra stanza Zelensky sperimentava un sudore di morte: era un artista, non un politico, aveva prestato una parte, la sua percezione era sottile…

Nonostante l'estrema riservatezza del luogo, all'improvviso si cominciò a percepire un boato, stava arrivando una fiumana di gente che la milizia cercava di tenere lontano.

La gente urlava sotto le finestre.

La massa si accalcava agli ingressi.

Tutto ciò era davvero inconcepibile: era saltata definitivamente qualche rigorosissima maglia di controllo. L'impossibile stava avvenendo. Come una belva, **Putin** sorpreso più che se fosse stato nel letto di morte, si girò verso gli ufficiali sottoposti.

Non ebbe tempo di interpellare, nel solito modo proditorio di sempre, l'ufficiale al comando, perché una grossa pietra aguzza penetrò dalla finestra come uno scoppio di fucile e finì proprio sotto le scarpe di Vladimir Vladimirovič Putin, frantumandosi in mille pezzi. Immediatamente ci sporgemmo verso le finestre e assistemmo a una scena incredibile: la splendida Aquila bicipite collocata ambiziosamente sopra il cancello d'ingresso del *palazzo segreto* stava per crollare sotto il peso di una scarica micidiale di colpi di AK 12. Sembrava di assistere a un film già visto e nel cuore apparivano le scene indimenticate dell'assalto al **Palazzo d'Inverno**.

La sorpresa dipinta sul viso di Putin fu per me una fonte segreta di gioia: la sicumera e l'arroganza si erano dissolte come sale dentro l'acqua. Fu un istante, subito dopo la sua mente spietata prese il sopravvento. Non c'era tempo di prendersela con i sottoposti, doveva arrivare al bunker e la strada era lunga. Il palazzo era grande quanto un piccolo Stato: ben 17.691 metri quadri; il bunker si trovava a ridosso della montagna, scavato all'interno. La mente febbrile già congegnava la salvezza, mentre gli ufficiali cercavano ancora di comprendere che cosa stesse accadendo.

Si mosse rapido con il corpo addestratissimo da anni di arti marziali e dallo sviluppo di numerosi e felini sensi accessori.

Una botola con un firepole si apriva in una stanza vicina. Vladimir stava rapidamente calcolando come una belva a caccia tutte le variabili che si frapponevano alla sua sicurezza. Era balzato fuori dalla stanza, con un salto agile e felino. Correva. *Gli diedi* tutta la propulsione possibile. Arrivò, dopo il rapidissimo passaggio dal firepole, nell'incredibile bunker che si era fatto costruire e la cui bellezza mozzava il fiato. Sorgeva proprio in cima al promontorio su Capo Idokopos ed era scavato dentro la stessa scogliera. Una meravigliosa vetrata, lunga centinaia di metri, lasciava godere lo spettacolo indicibile della costa e del mare sottostante. Un uomo, a guardare questo spettacolo, nascosto al mondo, al sicuro, poteva sentirsi piccolo piccolo, oppure sentire gonfiare il proprio ego a dismisura. Ogni volta che Vladimir entrava nel bunker il suo **orgoglio** diventava energia visibile. Anche in quell'occasione lo spirito spietato avvertì il rapido vanto di essere l'artefice e il proprietario di tanta bellezza. Fu un rapido soffio.

Uno schiocco di dita.
Quante volte, gli uomini di potere, con uno schiocco di dita hanno cambiato la Storia, e, così facendo usato un terrificante potere di vita e di morte sui propri simili?

Uno schiocco di dita.
Una fiumana di gente urlante penetrava nel bunker.
Non solo persone comuni: i soldati, le truppe militari erano alla testa della furia umana. A colpi di AK-12 e AK-15 i soldati si facevano spazio nel bunker. I proiettili dei Kalashnikov spaccavano con un po' di difficoltà le meravigliose vetrate blindate, anche il tetto di profumati legni pregiati saltava via sotto feroci mitragliate.
Grosse travi e assi di legno sono adesso sbalzate fuori cadendo sui divani di lusso e sulle poltrone di gusto italiano, il cui valore supera di gran lunga gli stipendi di un anno della classe media russa.
Putin rimane freddo e glaciale. Lo circonda una folla feroce.

Schiocco di dita.
Nel bunker portano l'*eroe*: Volodymyr Zelensky, il freddo Aquario che, *per eroismo*, ha sacrificato la propria gente alla guerra. Quanti bambini lo circondano: anime che avrebbero dovuto ancora vivere e amare: strappate via da una falce feroce. Grazie, *eroe*.
Artemide è magnanima. Lo ha reso inerte: è sotto shock, ormai non percepisce più nulla. Vladimir è invece lucidissimo. Ha una granata

in tasca, può ancora usarla e fuggire. Il suo sguardo così peculiare, intenso, fitto e sfuggente quasi da ricordare Monna Lisa, si oscura per stanare le proprie risorse contro il pericolo.

Ma Artemide con lui è feroce.

La folla gli si avvicina per leggere e percepire negli occhi del potente uomo l'odore della paura e della morte.

Un'asse di legno pesantissima cade spaccando la vetrata con spaventoso boato, rimane in bilico sul parapetto di quel meraviglioso balcone sospeso sul vuoto.

Putin intravede una via di fuga, si slancia.

Una folla feroce lo insegue.

L'asse è in perfetto equilibrio sul parapetto e si sporge per parecchi metri nel vuoto. All'estremità che si affaccia sul vuoto, Putin si regge ancora in piedi, all'altra estremità decine di persone cercano di inseguirlo, salendo sull'asse, ma rimanendo, allo stesso tempo, al sicuro dentro il bunker. Sorrido a questa vista simbolica: sempre il tiranno è sorretto dal sostegno del popolo.

Anche l'*eroe* Zelensky è sbattuto fuori, proprio tra le braccia del nemico. Artemide lo ha annullato, cancellandogli l'anima.

Si aggrappa ai piedi del crudele Vladimir.

Ed è allora che Artemide mi chiede di compiere la visione

Uno schiocco di dita.

A una a una, tutte le persone in bilico sull'asse tornano al sicuro, sopra il pavimento della stanza bunker.

La robustissima trave scricchiola sinistramente. L'estremità sicura dell'asse, quella che dona il potere di vita e di morte ai tiranni è, adesso, vuota. Io sola, resto a mantenere un precario equilibrio.

Volodymyr, in un sussulto che ha sapore di morte, si aggrappa alle gambe di Vladimir… proprio allora, non solo scendo dall'asse, ma le assesto un decisivo e preciso colpo che possa farla ribaltare. Come un unico, scomposto manichino, i due precipitano abbracciati, senza scampo. Gli scogli aguzzi li accolgono, l'acqua di mare, pietosa, li ricopre.

"Precipizio sulla scogliera, tutti i corpi tornino alla madre".

Come addormentato sull'erba, il mio corpo è ritrovato e pianto dai parenti e dagli amici increduli, che mi ritrovano quieta, come se dormissi. Il mondo, però, è sconvolto da ben altro perché in poche ore tre protagonisti della recente guerra sono scomparsi. La morte del presidente degli Stati Uniti Joseph Biden, poi, lascia sgomenti: il suo corpo, ritrovato ancora seduto al proprio posto nel suo ufficio personale, uno dei luoghi più sicuri degli Stati Uniti, ha una freccia conficcata nel cuore.

Non era passato più di un solo giorno terrestre.

by Magi

Un urlo dell'animo, una Donna che lotta e vince contro la paura del fanatismo religioso e umano. Vera potenza, autentica potenzialità di intenti. In ogni cuore innocente un lupo attende di essere svegliato. Non sono riuscito a vedere questa Donna che così: immersa nelle sue uniche, meravigliose energie.

Ÿ Dies Irae Ÿ

Nessuna serena pausa.

Il cielo è un piombo fuso. Ne ricordo le anse perlacee, quei rifugi che ci attraversavano come un lampo, quando tu eri con me.

Ora vivo in una zattera che mi conduce tra le spire degli universi sensibili.

Tu mi sfioravi e, per amore, t'immolavi. Era come un fuoco devastante che non ti lasciava tregua.

Il sangue ardito, il furioso andante del cuore, l'ineffabile adorante logos maschile, si incarnavano in te e tu eri fuoco, lampante, istantaneo, ardente.

Bruciano così le anime, come fossero maledette.

Troppo amore. Un'esperienza che si fonda in un girone terrestre e ritorna in cerchio, nel primo e nell'ultimo sentire.

Vivevamo in Afghanistan, il paese dell'azzurro violato.

Quel paese dove il cielo è un tetto immane di stelle e l'azzurro dei giorni è un chiaro zaffiro incastonato. Il paese dove Zarathustra iniziò la sua ascesi. Mio padre mi educò fin da bambina alla religione degli antichi avi, mi portava sui campi distesi di verde e, dolente, declamava al vento:

«Hadya, ci sono due Spiriti dell'esistenza, fin dall'inizio del mondo, fin da quando il virtuoso parlò al malvagio: "Nulla tra noi due concorda: né il pensiero, né l'insegnamento, né la volontà, né la fede, né le parole, né le azioni, né le concezioni del mondo, né le nostre anime stesse. Siamo due sfere per sempre divise, luce e ombra, mattino e tenebra"».

La sua anima scossa e terribilmente angosciata era invasa dal terremoto morale, sociale ed economico che ci stava ancora devastando.

Era il 1992 a Kabul, io ad appena 7 anni avevo uno spirito già denso di un io sottile, sofferto, a suo modo pronto e multiforme.

Nel 1970, gli anni della giovinezza di mio padre, l'intero Paese dimostrava un profondo progresso: la parità dei diritti tra i sessi era testimoniata dall'accesso al lavoro di quasi tutte le forze lavorative femminili presenti. Le donne afghane rappresentavano la metà dei medici, quasi l'intera totalità dell'organico degli insegnanti e il 15% delle presenze in politica. La famosissima guida turistica *Fodor*, nel 1969 così recitava: *"In Afghanistan la macchina della modernizzazione si è messa in moto e niente potrà più fermarla"*. Come potevamo essere giunti a tal punto? Che cosa era sopraggiunto dai reami dell'Ombra?

Al contrario di mia madre, che aveva vissuto una giovinezza serena, lavorando, studiando, amando la vita, vestendosi all'occidentale, io, sua figlia, ero relegata in un torrido spazio antivitale. Percepivo un tremendo cappio che mi soffocava, causandomi crisi di panico e di identità. Sobbalzavo ancora, quando, nelle vetrine o negli **specchi** di casa, vedevo riflessa la mia figura negata da un mantello, a suggello di un dominio esteriore che mi bloccava ogni forza vitale.

Vedevo scendere lacrime sul volto rugoso di mio padre come un fiume che rompeva gli argini. Ne provavo rabbia e terrore.

Era il 1992 e a Kabul stava prendendo forma lo Stato islamico dell'Afghanistan. Nasceva in quel periodo la milizia che avrebbe avuto un peso tragico nella mia vita: la milizia dei talebani, un esercito composto da ragazzi afghani *pashtun* con ideali e attitudini terribilmente violenti. Si mantenevano con la grande risorsa del paese: la vendita delle droghe derivate dal papavero da oppio, l'unica coltivazione redditizia nelle aride terre afghane.

Mia madre era stata un medico, una donna molto saggia, colta e autonoma. Ero abituata a vederla libera e indipendente, amata e quasi venerata da mio padre.

Da un giorno all'altro, e non potrò mai dimenticarlo, la vidi costretta all'autonegazione, nascosta, celata, terrorizzata, annullata... SOLO IN QUANTO DONNA.

Davanti a me, non pianse mai.

Un giorno, mentre mi accompagnava con l'auto a scuola, guidando come aveva fatto per anni, fummo fermate e circondate.

Ricordo solo le urla selvagge, senza lume e senza ragione. Ricordo ancora le frustate scomposte e animalesche sui nostri corpi abbracciati, mentre lei per proteggermi, mi stringeva più forte che mai con il suo corpo fragile.

A casa, mio padre dovette curare le ferite profonde che furono inferte a me e soprattutto a mia madre dalla violenza cieca di quegli esseri. Nacque in me una furia tremenda.

A malapena riuscii a completare i miei studi quasi in un regime di segretezza e tramite alte raccomandazioni, incluso il pagamento di somme inverosimili versate dai miei genitori. Si svenarono per assicurarmi la giusta formazione. Rischiarono la vita. Alle donne era vietato vivere.

Non comprendo come io, **Hadya**, il cui nome significa "Guida alla Giustizia", possa essere sopravvissuta a quella violenza inaudita, all'estrema ingiustizia perpetrata fino alla soglia della sacralità del mio spirito.

Non provavo disagio per me, bensì per la stessa madre vita, la natura, la Terra. Una tenebra fitta mi circondava come un'aura selvaggia e compressa. La mia furia era ormai indicibile, senza nome. Lo confesso: mi ero spiritualmente perduta, un fuoco rovente covava nel mio cuore, avrei ucciso chiunque per sentirmi libera. Ero una giovane belva in cattività, furente indicibilmente, ma solo momentaneamente sottomessa. E mi sarei affrancata. Ero pronta a fuggire per sempre, avrei strappato con ogni forza la mia remota possibilità di vivere. Dietro casa c'era un prato verde e incolto che si apriva allo sguardo delle montagne dell'Hindu Kush.

Talvolta, nelle estati torride, mi toglievo quel burqa pesante come pietra rovente che sigillava il mio corpo pubere, bianco latte e puro come gemma. A piedi nudi assaporavo la terra, come sa fare una donna, sentendomi parte integrante e cuore matrice del pianeta. Nonostante le avverse condizioni, la mia forza propulsiva era immensa. Nessuno avrebbe potuto scalfirla.

Un giorno, un vento impetuoso strappò le rose selvatiche del mio giardino incolto. Il suo ululato greve si accordava al mio cuore. Mentre il vento mi soffiava addosso sussurrando al mio spirito parole tristi e lamentose, vibrando come un saringa, io pensavo agli strumenti musicali che le milizie ci avevano fatto interrare.

Le feste di matrimonio erano diventate eventi luttuosi, cantare o danzare poteva costare la vita. A mezza bocca intonai un canto le cui parole mistiche erano state scritte dal Mawlana Balkhi Rumi.

> *Il tuo cuore è una pietra il*
> *mio l'acciarino e la fiamma.*
> *Tu sei vetro lieve io parlo soltanto*
> *di coppe e di vino.*
> *La mia fronte color zafferano*
> *ti parla dei fiori di campo*
> *i miei occhi piangenti*
> *non sono che emblema di nube.*
> *La mia stirpe è solare*
> *superba d'antichi sovrani:*
> *io non sorgerò nella notte*
> *io non parlerò della luna.*

La triste canzone intorbidì il mio cuore, chiusi gli occhi bagnati e non ti vidi arrivare mentre, a mio modo, dissolta pregavo il Dio dei Giusti. "Proibito cantare, proibito ridere, proibito guardare un uomo negli occhi, proibito stringere la mano a un uomo, proibito far ascoltare il rumore dei propri passi a un uomo!"

ERO VIVA ED ERO MORTA. ERO NELLE TENEBRE, ERO NELLA FOLLIA, UN ESSERE DI CASUALE SESSO FEMMINILE TORMENTATO DA TUTTI GLI DEI INFERNALI DELLA TERRA.

Nel vento il mio animus ti guardò, mentre la mia chioma fulva di baluginoso splendore si spargeva come una mirabile raggiera dal mio volto, immersa tra le rapide folate che la scompigliavano. Il mio animus ti guardò e ti strinse nell'unico, perenne riconoscimento.

Nessuno mai come noi, né prima, né dopo, né altrove, perché per tutti l'incantesimo dell'amore è sempre un rituale riservato, l'intima iniziazione a **energie** elevatissime. La mia verginità fu il suggello perenne di una fusione che era nata già millenni prima e oggi ci vedeva pronti a realizzarla.

Una pioggia feconda benedisse il nostro primo amplesso, mentre, occhi negli occhi, come in una silenziosa lotta all'ultimo sangue, infondevamo tutta la nostra coscienza millenaria l'uno nell'altra. C'era tanta di quella potenza in quel momento che il cielo divenne bianco, poi rosa, poi d'oro.

Per sette mesi toccai ogni felicità sovrumana, sì, così fu! Al riparo, sotto il tuo tocco gentile e il battito protettivo della dinamo del tuo cuore. Vennero, infine, i giorni di maggio, le rose straboccavano e dai giardini arrivava ai sensi un'esplosione di fiori, di petali colorati, di inebrianti **profumi**. Avevo solo voglia di ridere, giocare, amare, baciarti, farmi baciare dalla tua stessa anima.

Da sette mesi, la rabbia in me si era dileguata. Vicino casa mia, mentre aprivamo la porta e ci immaginavamo seduti vicini sul tappeto, tu ti chinasti come a volermi baciare nonostante il burka, allora io sollevai il mio cappio dal viso per sentirti, per toccare le tue labbra morbide e maschie, parteciparti del mio cuore.

Un colpo di AK 100 squarciò il silenzio proprio mentre ci baciavamo, lo spostamento d'aria mi fece finire per terra, dove mi ritrovai ricoperta di sangue e di fluidi vischiosi. Le tue braccia si erano staccate da me, qualcosa era finita sotto ai miei piedi, un pensiero folle mi disse: *"non guardare!"*. Il selciato era rosso e umido come vena squarciata.

Una voce urlava: «صد هزار *sad, hazar*» cento, mille! Cento mille maledizioni per voi miscredenti, immondi infedeli e peccatori!
Cento, mille tormenti!»
Immersa nel caos, l'unico senso vigile era proprio l'udito, gli occhi chiusi, registravo insulti e urla feroci.
Poi per un solo attimo aprii gli occhi e ti vidi.

La mia coscienza svanì. Mentre cercavo di rialzarmi, con un sussulto crollai violentemente a terra, poi volontariamente, guardai quello squarcio d'inferno e m'impressi ogni cosa nel cuore. Vidi la tua anima riversa nelle amate fattezze del tuo viso squarciato, ne convertii il registro in un solco indelebile. Il tuo spirito mi raggiunse, si espanse nelle mie cellule per morire placato dentro me.
Le botte, gli insulti e soprattutto le violentissime frustate mi fecero misericordiosamente perdere coscienza. Il buio era dolce, fitto e protettivo. Non mi tangeva, non si distingueva e non si separava dalla mia disperazione oscura come pece.

La caserma/rifugio dov'ero finita si avvaleva del lavoro di noi donne prigioniere, schiave private ormai di qualsiasi dignità. Alcune di noi erano già sopravvissute alle più atroci e feroci violenze collettive.

Fredda come un serpente, rinchiusa nel mio mantello nero, che adesso aveva la funzione di proteggermi, osservavo tutto con una lucidità che mi faceva paura.
Nel rifugio si era creata molta competizione tra le donne: essere gradite ai capi era diventata una questione di vita o di morte.
Solo io usavo altre armi.
La mia testa era assolutamente superiore a quella di chiunque altro nel campo e lo capivo benissimo. A parte il sesso, il cibo era il conforto più ambito. Più di ogni altra cosa. Perfino più del sesso.

Sapevo cucinare con tutte le più elaborate tecniche afghane, quelle più arcaiche, imparate dalla mia famiglia, che, nei pochi anni d'oro, aveva curato la mia formazione alle tradizioni del mio Paese. Sapevo cucinare un *kaymak*, che sembrava un dono del cielo, nonostante ogni avversa condizione di preparazione.

La mia zuppa di *Kash* era una delizia che tutti aspettavano con impazienza famelica.

La mia maestria era tale che i miei pasti, preparati con accurato odio, erano diventati per tutti loro uno dei massimi piaceri possibili. Nessuno si azzardava a toccarmi, per paura che la mia reazione potesse costringerli a fare a meno del piacere che io procuravo loro.

Ciò che preparavo non conteneva solo la delizia dei cibi.

C'era dell'altro: sapevo selezionare le erbe più ricche del territorio e le sapevo trattare usando i loro poteri. La risorsa del Paese era l'oppio e la sostanza era stipata in gran quantità dentro il rifugio. Conoscevo come mischiare l'oppio a altre erbe officinali esaltando o domando l'effetto distensivo.

I miei pasti erano ben edulcorati con infusi di *Efedra sinica* e con oppio. Tutto quanto basta.

Il mix di droghe avrebbe equamente bilanciato euforia e baldanza nel gustare i miei piatti fino a quando sarebbe arrivato il giorno della mia vendetta.

Le milizie talebane avevano invertito il flusso vitale, proibito la vita nella sua accezione più semplice, ma io le avrei combattute con la loro stessa arma. L'unico piacere terreno che non avevano ancora proibito e negato sarebbe stato la loro fine.

Una settimana dopo, saziati dal piacere sopraffino di tutti i miei piatti e indeboliti dagli oppiacei che ormai ingerivano giorno dopo giorno, aumentai le dosi fino a renderle letali.

Finalmente, con occhi glaciali, li vidi morire uno a uno.

Li guardai, uno a uno.

In seguito misi in una grande sacca tutte quelle erbe mortali che avevo preparato in grande quantità.

Con sguardo altero osservai le altre donne che non avevano avuto la forza di ribellarsi ed erano rimaste attonite vedendo un'intera milizia, numerosa e selvaggia massacrata da una sola e unica donna completamente disarmata.
Infine, una donna mi raggiunse.
Poi un'altra ancora.

La tenebra era fitta. Noi eravamo poche, sole contro un mondo infernale. Sole, ma non deboli. L'inizio della fine, per coloro che avevano massacrato l'idea vitale, era ormai cominciato. Poco a poco la nostra vendetta avrebbe posseduto la città, il Paese, poi il mondo.
La vita appartiene alle donne, alle donne appartiene la preparazione del cibo. Dovreste tremare.
Dovunque andrete, dovunque vorrete riparare, la nostra vendetta vi troverà e vi seguirà, ancora e ancora, fino a quando non resterà più traccia del vostro passaggio su Madre Terra.
Non avrete rifugio.
Dovrete avere paura di noi, del nostro spirito di luce suadente e fulgido, dei nostri pasti preparati con cura.

Signore non posso guardare io alla Luce
quando mia sorella vive nelle tenebre

Dea Villa.

Ci ho provato. Ho cercato di rendere omaggio alle bellissime parole che descrivono la microscopica grandezza di sconfinati animi. In mezzo a divinità imbattibili ho cercato di introdurre un uomo, la sua paura, la sua bramosia (nonostante tutto), l'incapacità di gestire le passioni. Tutto è enorme di fronte a questo, spaventoso quando ci arrendiamo, epico quando vinciamo. Mare, Poseidon, Medusa e il piccolo uomo. Quanto accanimento!

Ÿ Dea Villa Ÿ

Non sento più neanche i miei pensieri. Sono giorni che sono alla deriva, aggrappato a un enorme fasciame di legno che riesce, almeno, a tirarmi fuori la testa dall'acqua; quasi un intero tronco che sta germogliando di alghe e crostacei, un vecchio e liscio, lavorato a arte, tronco di quercia che faceva parte della chiglia della mia nave.

Quella mia nave distrutta.

Tutti i miei uomini persi.

La mia vita appesa al filo di un relitto.

Ho visto il giorno e la notte, ma non so più contarne i passi. Sono un uomo che rivede, con il ritmo lentissimo delle memorie, tutto un passato di battaglie. E che glorie, e che onori, che baci e omaggi ho ricevuto sulle mie mani nette e profumate, adorne di anelli conquistati in battaglia a principi e a re! E come erano docili i potenti e gli schiavi ai miei voleri, come mi adulavano con dolci unguenti, con doni e carezze, impauriti e domati dal mio potere appoggiato dagli dei, dalla mia inesauribile crudeltà di dominio.

Adesso se guardo le mie mani, non più ori e pietre, ma solo verdastra e scura inconsistenza.

La mia bocca è di fuoco, anche quando il sole è a picco, e i miei occhi sono ciechi, abbagliati dal vuoto.

È finita, per me.

Sarebbe meglio lasciarsi andare a un dolcissimo sonno, sognare le vesti d'oro e i misteriosi papiri sacri della mia passata ricchezza, scivolare via sconfitto silenziosamente dal padre Oceano, mentre i miei sogni mi circondano di dolcissime etère condiscendenti dai seni nudi tornate indietro dal mio tempo; ma non posso, perché, fino all'ultimo, io voglio conservare il mio onore, la fama che ho conquistato per il mio coraggio e la mia capacità di rimanere vigile di fronte a ogni situazione. Anche se, adesso, di quell'uomo potente che ero, rimane solo una preghiera umida di lacrime sulla bocca ferita e torturata dal sale di quell'acqua che bevo con insana avidità:

"O, ascoltami Poseidon
Signore della terra dalla chioma turchina,
Potente scuotitore della terra,
Datore di gioia,
Tu, che agiti l'acqua salmastra con sibili marini,
Tu, che hai ricevuto in sorte come terza parte
La corrente profonda del mare,
Che ti diletti dei flutti insieme agli animali,
Demone marino... Ascoltami!"

Possente dio del mare, quanto ti ho onorato sempre. Io ti ho sempre pregato... Con lacrime che affogano nel tuo divino e salmastro di lacrime mare, io chiedo il tuo soccorso, o mio Dio!

Chiudo gli occhi per un istante, cercando di alleviarne la tortura, e a un tratto, dai bagliori luminosi che colpiscono le palpebre socchiuse, ritrovo una cornice terrestre, una costa, meravigliosa, sembra sorgere piano piano da onde di nebbia, poi un suono stordisce l'anima, come farebbe un fulmine con un albero centenario: una voce di donna sta intonando la melodia più ammaliante che io abbia mai ascoltato.

I dolci suoni di canto mi arrivano dal vento e gli occhi non scrutano oltre le nebbie dell'orizzonte; ma è un lieve sciabordio di onde, che mi preannuncia una riva, una spiaggia vicina, la direzione è giusta! Ho il cuore gonfio di gioia, prima ancora di vederla, sento gli odori della terraferma che il vento congiunge alle mie narici, odori selvatici di piante terrestri, di aspri limoni e di dolce millefoglio, che danno al mio sangue l'ultima spinta per credere a un'impossibile salvezza. E, infine, i miei occhi annebbiati vedono la terraferma vicina, lambita dal mare, protetta da un promontorio enorme che ne protegge la costa così bella, puntuta a forma di cuore, che mai mi pare averne viste prima di uguali. E il dolce suono melodioso di un canto non è un sogno, una figura di donna ferma sulle due rive che si uniscono aggraziate l'una all'altra, sta invocando con forza il possente *Poseidone*, la sua preghiera si è aggiunta alla mia, come in un congiungente miracolo, e il possente Dio dei fondali marini ha risposto a entrambi.

Anche lei prega per la mia salvezza!

Riesco a vedere quasi il suo viso, e tutto mi appare una felice, avvolgente nebbia di protezione divina. Il suo viso… Gran Dio Poseidone…voglio…voglio vivere solo per vederlo.

Il suo canto, *"Ecce aures cordis mei ante te, Domine!"* È qui il mio cuore e che esso ne rimanga avvinto, per la mia salvezza.

Ed ecco che il vento, come sostenuto da quel canto e dalla sua malìa, in turbini e folate sommuove possenti onde marine che mi congiungono alla terra, e come fossi anch'io un vivo relitto, come il legno vinto dal mare di quella quercia sacra a Athena che mi ha salvato, anch'io tocco l'odorosa spiaggia, raggiungendo a stento la corsa della mia vita quasi persa, sconvolto e quasi morto, io, prediletto dagli dei e salvo, riabbraccio infine la nuda terra ferma.

Scivolo solo allora in un affranto nulla, in un buio totale e omnipervadente; prima però, mentre le orecchie cedono a un rimbombo ovattato in cui perdo i miei sensi stremato, nella mia ultima immagine, s'imprime un volto.

È una dea.

Il crepitio del fuoco riscalda le mie carni intirizzite, mi sveglia il sapore incomparabile e fresco dell'acqua dolce sulla bocca ulcerata dal sale marino, dallo spietato sole di questo caldo mare…l'acqua di dolci gocce sugli occhi torturati.

Lei è accanto a me.

Lei.

Vedo la sua schiena. È nuda. Nella spietata incoscienza e disperazione che mi afferra, mi rendo conto che è la donna più bella che abbia mai visto. Forse sono morto. La mia strenua battaglia per la salvezza è persa. Lacrime e singhiozzi mi scuotono.

E mentre lei si volta a guardarmi, un'onda di capelli ambrati scuote l'aria, mi fendono le sue ciglia velate da uno sguardo color foglia incantatrice, divento quasi pietra, e il cuore batte in un corpo morto.

Il suo sguardo mi rende pietra, e non riesco a muovere neanche le dita di una mano. Io, io che ho amato con arroganza e freddezza centinaia di donne e regine di ogni terra conosciuta!

Si avvicina e vedo la rigogliosità di miele del suo seno velato da ricci di oro scuro, la sua bocca di melograno che ferma il tempo e i suoi occhi verdemare, da cui saettano, su di me, lampi di oscura luce.

Mentre mi bacia, e mi possiede, avida, dolce e sapiente, so bene che ho trascorso la mia intera vita per essere destinato a quel luogo, per essere il polo di una esplosione del cuore che avviene in quel preciso istante, in una grotta umida e feroce, abitata dal Tempo inesorabile che tiene adesso le sue forbici in mano, e dalla sua Dea dai capelli d'oro e dal seno di miele.

"Non datele nome.
Come se servisse limitarla ad una cosa sola
alla vista della quale tutte le limitazioni si confondono.
Tu sei la fine, e tu sola regni su tutto per tutte le cose
che provengono da te, e che agiscono in te, tutte le
cose, giungono alla loro Fine."

I suoi capelli, con cui ha carezzato e asciugato il mio corpo, sono sparsi sulla mia pelle nuda, profumati da essenze delicate, e il suo sguardo mi droga di un desiderio mai conosciuto prima, le mie braccia la circondano come fosse la costa viva della mia estrema salvezza. È solo estasi. Una dolcissima morte che mi riporta dai fondali marini all'aria viva che riempie i miei polmoni di una nuova vita.

Quando si alza dal nostro profumato giaciglio, con un taglio netto di un coltello, recide una ciocca dei suoi meravigliosi capelli.

Come in un sogno vedo la ciocca di capelli volteggiare nell'aria e fermarsi, poi, come densa di vita propria, la vedo alla fine cadere, cadere, cadere, piano, pianissimo, sul mio corpo nudo.

Il fato si è compiuto.

Mi sento ancora di nuovo forte e rinato. Tra le mie cose, scorgo il sacchetto di gioielli che porto sempre con me, allacciato alla mia cintura, e che sono riuscito a salvare, come la mia vita.

Mi alzo, e in ginocchio, davanti a lei, ne apro il contenuto. Di fronte a lei spargo le gemme che ho ricavato dalle mie battaglie e l'essenza a me inseparabile dei bottini vinti in guerra a principi e re. Regine che non mi donavano solo il loro amore, ma pagavano ben cara la loro salvezza. Anelli con la stessa luce ammaliante dei suoi occhi verdegemma, pietre preziose e oro fino, che spargo ai suoi piedi profumati.

Con uno sguardo accetta i miei meravigliosi doni e mentre io adorno le sue dita di anelli e spargo gemme sui suoi capelli, vedo lampi di avidità e di piacere divorarne lo sguardo e corrugarne la tenera bocca.

Come mi ferisce la tua avidità...la conosco così bene! È l'unica forza che mi ha reso schiavo in un'intera vita, l'unica dea che ho davvero adorato! Ma non m'importa, mia amata Donna, io sarò tuo combattente, e solo a te donerò la forza e la maestria del mio coraggio e della mia perizia nei combattimenti.

Io sarò solo tuo. Così il mio braccio, così la mia mente.

E mentre penso questo, stordito dal suo silenzio (solo sulla riva dell'acqua ho sentito la sua voce, e, oh, come mi ammalia il ricordo!) un bagliore mi colpisce in fondo a un cunicolo, un bagliore come di luci sommerse.

Mi alzo e m'incammino, mentre lei mi segue regale tra nudità di splendidi seni e bagliori di gemme.

Attraversando uno stretto cunicolo il cui fondo è invaso da frammenti di ossa e da rifugi e fondali di creature marine, evitando le stalattiti dai sorprendenti colori che toccano il rosso e il blu e il grigio, arrivo ad una grotta in cui, ammassati in quantità enormi, gemme e oro giacciono solenni in abbagliante luce. Gemme di una purezza così immateriale da incantare gli sguardi. Sono a centinaia le pietre, che hai conquistato e pepite d'oro e manufatti preziosi e regali.

Mi volto rapito e stupito, ma la mia Dea, stende adesso una bellissima mano, ricca di bagliori di gemma, in alto.

Seguo il suo gesto e i miei occhi ridiventati nuovi al mondo in grazia del suo amore, *oh puritas cordis,* ancora abbagliati dal sole dell'oro si spengono all'improvviso. In un solo istante.

Non credo all'orrore che la mente improvvisamente registra dalle finestre inconsapevoli degli occhi.

Scheletri e teschi, ossa di braccia e gambe scarnite, penzolano inerti come appesi ad un grosso e trasparente oscuro pozzo che si apre sopra la nostra grotta, come la tela tessuta da un maestoso e mostruoso ragno.

Uomini avvinti a un pozzo che guida verso la luce, uomini che cercavano di scappare, diventati mollusco e ossa spolpate da animali feroci, sono adesso occhi in orbite vuote che guardano tutti me, con viva e mortale, infinita, tristezza.

Non ho vissuto un'intera vita di pericoli scampati e di glorie, per non saper, adesso, riconoscerlo immediatamente, un destino fatale.

Quelle ossa sono vive e coscienti.

Quella morte è viva morte, ed è la peggiore delle morti.

Morire tutti i giorni, e non vedere mai il giorno in cui si muore davvero.

Rivedo adesso tutto l'orrore del mondo al ricordo della sua bocca avida e del mio desiderio di lei. Sento salire dall' oscuro pozzo, adesso nero, del mio cuore una nausea senza fine al ricordo dei miei teneri abbracci alla dissoluta morte.

Ho abbracciato con amore la mia morte, abbracciando in lei l'oscuro pipistrello della mia fine, dei miei peccati di gloria, unendomi a lei, Dea Villa, la strega le cui dolci sembianze incantano i marinai caduti in mare che lei riduce in stato animale per poi divorarne, da creatura dell'inferno, la sensibile carne.

Adesso toccherà a me, eccomi diventato un essere mostruoso, con il corpo macellato da animale e l'anima di un uomo, dopo aver sperimentato lo stato animale, a cui mi ha condotto, non mi resterà altro che diventare anch'io solo povere ossa senza morte.

Ossa spolpate tutti i giorni dalla sua furia, ossa che guarderanno con pietà le prossime vittime e con muta bocca, mai potranno avvisarli di quell' abbraccio feroce della morte che ha teso loro un nuovo oscuro e fatale agguato.

Il suo sguardo mi pietrifica e come robusta e viva pietra aspetto cosciente che il mio destino si compia, dolorosamente del tutto vivo in un corpo del tutto morto.

E mentre lei si allontana, e si prende la mia vita con le estinte gocce del suo melodioso canto di morte, la sua suadente voce mi uccide goccia a goccia, lenta e spietata, voce di dea che è figlia degli inferi feroci venuti sulla terra a far rivivere i propri indicibili orrori ai deboli esseri umani, che in vita loro hanno servito sempre solo il Dio della Gloria, e le dee dell'avidità.

Ma nella mia viva morte c'è solo la sua voce, voce d'ali d'angelo, che, per breve tempo, mi parla di un mondo che ho lasciato, un mondo dove la saggezza fu presente, chiaroveggente, e io non ebbi ad ascoltarla mai, sordo alla sua sobria essenza, un mondo dove si illumina, adesso, tetro, il mio percorso di morte.

HORTUS
AURUM

Come poter descrivere tutto quello si trova all'interno? Avevo paura di non riuscire. Ho deciso allora di rappresentare qualcosa che esulava dal noto, che uscisse dalla nostra zona confort, come le idee diverse e gli istinti repressi. Due cuori, uguali apparentemente a tutti gli altri, semplicemente fuori dalle sbarre. L'unica differenza è il punto di vista.

☿ Il giardino aureo ☿

Benvenuti all'Eros Big Tower Center, mettetevi in fila, rispettate le distanze di sicurezza, siate sereni.

La voce limpida e suadente di una giovane e bellissima hostess accompagnava il transito, in svariate file, di una serie di donne e uomini divisi per sesso e per categoria.

Erano file di esseri di ogni inclinazione.
Donne bellissime, l'una dopo l'altra, a circa un metro regolamentare di distanza, sfilavano lungo le paratie.
Ormai la bellezza era diventato un must della razza umana. Anche nel seno materno – nei rari casi di fecondazione ancora a vecchio regime, praticata soprattutto per ragioni sperimentali – venivano inoculati i giusti geni che concentravano una bellezza perfetta, di cui si poteva scegliere la miscela di razza e di colore.

Nel sesso femminile questa ricercata bellezza appariva una sublimata ricerca di perfezione.

Anche la fila dei maschi, rigorosamente al di sotto dei 30 anni, o almeno così sembrava, esseri perfetti dai muscoli scolpiti e dai capelli fluenti, si faceva notare per la concentrata e variegata bellezza dei suoi singoli esponenti.
Accanto a queste due gigantesche file di genere, ce n'erano altre, meno numerose. Il Consiglio dei **Saggi** già da parecchi anni aveva sconfitto la malattia, la vecchiaia, le infermità fisiche umane di qualsiasi livello, ma a livello psichico, a livello sottile, dentro quella corteccia cerebrale che conserva l'*Anima*, oppure quel qualcosa di chimico non ancora individuato, rimaneva un *quid* inesplorato che, spesso e volentieri veniva fuori d'improvviso, ferendo la società con sbocchi di follia singola o collettiva.

Da quando il sesso naturale aveva lasciato il posto ad esperienze –
molto più complete! – virtuali e psichicamente indotte, la società di
tanto in tanto sembrava pervasa da correnti emotive indefinibili e potenti. Per giorni e giorni intere colonie di esseri umani, intere città,
spesso interi paesi, sprofondavano in uno spleen dissoluto di morte.
Molte persone, ridotte in questo stato da quel *quid* che rimaneva inesplorato ai **Saggi** e non ancora definito, si ritrovavano sulle rive dei
mari, o meglio degli oceani. Cadevano in uno stato catatonico, sedute
sulla spiaggia e rimanevano ore e ore a fissare le onde, talvolta fino
a perdere i sensi per la stanchezza o la sete.
Il comitato aveva ormai speso le proprie migliori energie per studiare
la genesi di quel fenomeno di assoluta tristezza collettiva. Una tristezza che sembrava spegnere proprio coloro che erano più brillanti
e ricchi di risorse.
La **Eros Center Tower** nasceva per questo scopo. Tutti quegli esseri,
lì riuniti, sarebbero stati liberi, poco a poco, di vivere libere esperienze sessuali *Ancien Régime*. Sarebbero stati monitorati e studiati
per carpire il segreto di quelle anomalie genetiche della *Nuova Razza
Umana*.
Le file erano già state selezionate. Per quanto la genetica fosse ormai
avanzata e arrivata quasi a uno stadio di pre-creazione in vitro
dell'essere umano, i *Saggi* si erano accorti che molto spesso le personalità deviavano ancora, come prima! - dal loro sesso. Alcuni si
sentivano maschi in corpi di donna, altri femmine in corpi maschili,
sussisteva una variegata coscienza del proprio sé in ogni tipo di corpo
possibile.
L'*anima* e anche la sua *coscienza erotica* sfuggivano a ogni controllo
e imposizione genetica.
Studiati per anni, i soggetti riuniti nell'**Eros Big Tower Center** sarebbero stati i protagonisti di una sperimentazione mai tentata prima.
Nella fila dei maschi cominciò a insinuarsi qualche notizia vocife-
rata. Lungi dall'avere le solite esperienze erotiche virtuali, ci sarebbe
stata occasione e modo di vivere qualcosa a livello realistico, qualcosa che, nel nuovo mondo, a pochi era stato concesso di vivere.

Centinaia di volte avevano già fatto l'amore, con centinaia di esseri diversi, anche con alcune *bizzarre creature virtuali*, ma mai nessuno di loro aveva sperimentato un sesso fisico, reale.

Era qualcosa di così inusuale che si sentivano serpeggiare altrettanti inusuali stati di ansia e di eccitazione.

Nel nuovo mondo era loro sconsigliato di toccare le femmine, e del resto, tutti i giorni dovevano passare delle ore con una macchina virtuale che li portava in un virtuale spazio dei sensi.

La macchina, letteralmente, induceva stati d'animo e poi li soddisfaceva in modo virtuale.

Le fantasie erano indotte dal comitato dei saggi e la Grande Macchina eseguiva totalmente tutti gli ordini, inserendo gli esseri umani in grandi categorie virtuali, da dove, per decisione unanime, mancava ogni forma deviata di piacere, ogni pensiero di perversione.

La macchina soddisfaceva esigenze carnali: desiderio virtuale di toccare seni dai capezzoli appuntiti, corpi opulenti, muscoli ben disegnati, vagine ben lubrificate, ma tutto il resto non era contemplato.

L'andamento del sesso virtuale era semplice: impostavi la razza e la taglia (anche strettamente genitale...), i colori dell'amante virtuale, la durata dell'amplesso e ti precipitavi nel limbo dell'eccitazione indotta: primo stadio, stadio intermedio, orgasmo con possibile e variegata durata prestabilita e/o ripetuta. Una goduria.

La macchina saziava ogni istinto chimico.

Pertanto il desiderio non serpeggiava più nel mondo. I corpi meravigliosi di uomini e donne, senza sudori, senza umori, viaggiavano per il mondo senza nessuno più che desiderasse abbracciarli, sentirli, toccarli.

Da quando, nel secondo decennio del secolo, il mondo era stato soggetto all'invasione programmata di virus letali, i comitati sconsigliavano caldamente e cercavano di impedire, ogni contatto fisico tra cittadini.

Il senso tattile era un residuo del vecchio mondo. Sensori, molto più efficaci, lo avevano sostituito.

Nel nuovo mondo, inoltre, non potevi sentire odori cattivi, era impedito dalla corteccia cerebrale che veniva indotta a ben precise categorizzazioni, escludendone altre.

Gli odori dei corpi erano banditi. La chimica applicata alla cura del corpo aveva azzerato ogni sentore fisico.

Immerse nella lenta fila, anche le donne cominciarono a sentire un senso mai vissuto di ansia e aspettativa.

Prese tutti i giorni dalle macchine, spinte a intense manipolazioni mentali, tutte erano ancora fisicamente vergini, sebbene l'imene – questo errore del creato – fosse stato geneticamente eliminato da moltissimi anni.

Non avevano menarca, né mestruo, né tantomeno menopausa, visto che fino alla morte rimanevano intatte nella carne e splendidamente tornite e affascinanti.

L'esperimento per loro sarebbe stato molto invasivo. Le condizioni che limavano la loro fisiologia sarebbero state sospese del tutto. Avrebbero sperimentato, per la prima volta, un ciclo mestruale. Ad alcune, sottolineate negli elenchi con una "I" maiuscola, era stato ricostruito un imene, quasi del tutto naturale.

Procedevano piano lungo la fila e venivano accolte da uno staff gentile ed efficiente che le accompagnava al loro piano e alla loro stanza.

Sarebbe stato un piacevole soggiorno?

Joy si distese lungo il letto. Le lunghe gambe dal colore bronzeo stonavano piacevolmente con la grande massa di capelli rossi e con le efelidi stampate sul suo naso e sulle guance rosa. Aveva un corpo statuario e perfetto, seni grandi e perfettamente tonici, natiche tonde e perfette, delineate con molta sapienza dal grande calcolatore dei corpi. Era stata contrassegnata con una *"I"* maiuscola. Si sentiva molto inquieta. Un senso di fastidio al basso ventre la faceva stare sottilmente male e molto in ansia.

Chiuse gli occhi e sentì delle lacrime pungere gli occhi. Era molto strano, non c'era alcuna ragione fisica irritante e lei in vita sua non aveva mai pianto.

Una voce suadente e perfetta, che si rivolgeva proprio a lei, la distolse da quel senso di distorsione psicologica.

"Joy" – diceva la voce "Sarai sottoposta a un esperimento molto invasivo. Sperimenterai una modalità di vita appartenente alle popolazioni antiche di questo pianeta. La sperimentazione sulla tua persona sarà un aiuto fondamentale per la società e per le generazioni future. Grazie! Grazie da tutti noi e Buon Viaggio nel Vecchio Mondo!".

Nella stanza attigua, Art, un giovane maschio di razza caucasica, si stava interrogando sulle medesime questioni. Era una perfetta macchina di muscoli: un metro e 90 cm (un'altezza maggiore non sarebbe stata, secondo i canoni del Nuovo Mondo, un parametro di bellezza), di linee slanciate e ben disegnate, con un volto perfetto incorniciato da una massa libera di capelli castani che gli solleticavano quasi le natiche, e con due occhi marini e sfuggenti.

L'udito, molto raffinato, gli fece prestare attenzione alla stanza accanto. Sapeva che c'era una ragazza, la sentì piangere.

A un tratto, una grande tenda che divideva le due stanze contigue si divise e si aprì. Art vide la ragazza immersa dentro il grande letto, riversa tra le lacrime. Si sentì smarrito. Non sapeva cosa stesse succedendo nella stanza accanto.

Senza rendersene conto, eludendo i soliti controlli, era già fuori.

Sì avvicinò… vide piccole gocce trasparenti sul viso della ragazza. Con un impulso irrefrenabile le baciò a una a una.

Erano salate.

Le lacrime erano salate.

Una sirena lacerante riempì l'aria rarefatta della stanza. Le luci lampeggiarono. Subito entrarono due sorveglianti asettici e splendidi e con un attrezzo lampeggiante dalla strana forma ad Y puntarono i due ragazzi che subito si sentirono invasi da una irrefrenabile, ma vigile quiescenza.

In quello stato amorfo e invasivo videro che i due addetti preparavano la stanza chiamando il loro allestimento: l'*esperimento*.

Era stata creata un'alcova perfetta in stile ottocento. Joy, bellissima, era vestita in crinolina, il seno strizzato nella scollatura che poco lasciava all'immaginario.

Era seduta sulla sponda del letto, mentre Art, superbamente damerino, era inginocchiato ai suoi piedi.

Joy continuava però a piangere. Per ben due volte i sorveglianti entrarono, asciugarono le lacrime della splendida ragazza, fino a quando preferirono rinunciare.

Una macchina, intanto stava "inducendo" i due giovani che erano stati abbinati ad uno speciale programma che doveva studiare ogni forma di perversionc dell'*Ancien Régime.*

I due efficienti infermieri leggevano il programma: prima tappa feticismo e dominazione. I due ragazzi sarebbero stati bombardati da una serie di sperimentazioni accurate e precise. Sulla ragazza erano posti alcuni input supplementari: ciclo lunare (nel nuovo mondo era stato dimenticato perfino il termine "mestruo" e "Imene".

Nel frattempo la macchina induceva i due ragazzi ad una sperimentazione ipnotica.

Seduta sulla sponda del letto, Joy alzava il grazioso piedino calzato da una splendida scarpetta in seta e imponeva al superbo giovane ai suoi piedi di baciare la sua caviglia.

A Joy succedeva qualcosa di strano. L'induzione ipnotica la rendeva spietata, costrinse il giovane, ipnotizzato anche lui e succube, a baciare la scarpetta, poi a baciare le piante dei piedi perfetti, leccando una ad una le dita di quelle splendide estremità disegnate con grande raffinatezza. Joy rovesciava il piedino in alto e si beava a guardarne l'arco perfetto, il ragazzone ai suoi piedi sembrava felice solo di sentire quei due piedini in faccia, addosso, mentre li leccava avidamente.

L'eccitazione li sovrastava. Non avevano mai sentito sensazioni fisiche così potenti. Joy però mentre i seni le si inturgidivano vogliosi e gli umori fluivano, non poteva fare a meno di piangere.

Di tanto in tanto i due sorveglianti interrompevano la scena, andavano da Joy e le asciugavano il viso. Ma appena le macchine tornavano all'induzione Joy ritornava a lacrimare copiosamente.

Un "bug" spaventoso, annotarono i due sorveglianti.

Mentre Joy lacrimava, Art non poteva fare a meno di guardarla. Il gioco ipnotico, spietato, prevedeva la dominazione della giovane ragazza ai suoi danni. Come da accordi ipnotici indotti, lui non poteva guardarla, né parlarle.

Ma qualcosa succedeva. Come da accessi incontenibili, quelle lacrime di Joy comunicavano ad Art una profonda verità, incontrollabile. Mentre era "obbligato" ad umiliarsi con lei, baciandone le perfette estremità, qualcosa gli galoppava nel petto.

Non aveva mai sentito tanto calore nella regione del cuore. Di tanto in tanto, nonostante le procedure date dalla macchina, alzava lo stesso lo sguardo, e rapido, baciava una delle lacrime cadenti di lei. Era un movimento rapinoso e incontenibile, che per un momento lo risvegliava dal suo ruolo e riabitava i sensi della sua anima, spesso vuota.

Le lacrime erano salate.

Il programma procedeva: *feticismo, dominazione, sadomaso, sesso estremo*, pratiche di *Kunyaza*. I due ragazzi si scambiavano i ruoli dominanti. Joy piangeva e piangeva sia che fosse costretta a dominare i cento chili di muscoli di Art, sia che ne fosse dominata. Il programma durava ormai da ore, arrivavano ad un'eccitazione estrema, ma poi le macchine si occupavano di acquietare i corpi indotti dei due giovani, facendo loro dimenticare tutto quanto fosse accaduto e non sperimentarono mai il consueto appagamento virtuale.

Nell'ultima simulazione prima della pausa prevista, il ragazzo, secondo induzione, aveva imprigionato tra le gambe la splendida compagna stesa nell'alcova e, in piedi accanto al letto la costringeva ad un rapporto orale dall'alto. Art eseguiva l'induzione con la ferocia desiderata dalla macchina. I sessi per la prima volta nella loro vita, erano davvero implicati. Il programma prevedeva una sperimentazione dentro precise specifiche relative ai genitali. Alla fine stavano studiando la potenza delle perversioni, sconosciute nel loro mondo, e per la prima volta, anche all'interno della corporeità specifica. I due sorveglianti leggevano: praticare contatti ravvicinati completi e solo profondi.

Le luci lampeggiarono e un segnale sonoro annunciò la pausa per il pranzo. I due ragazzi, liberi dall'induzione restarono da soli, ciascuno in camera sua.

La finestra tra le camere era rimasta aperta. Art vide Joy stendersi stremata. La ragazza piangeva da ore… Adesso singhiozzava. Come il galoppo di un cavallo selvaggio qualcosa irruppe nell'animo di Art. Penetrava dal cuore, era anomalo.

La faccia bagnata, vinta e riversa, la ragazza sul cui nome campeggiava una "I" lo guardava smarrita.

Era un ingegnere civile; era capace di risolvere situazioni complesse con estrema facilità.

Ma era subentrato qualcos'altro in lei.

C'era un innesto.

Percepiva il senso di alcuni versi nell'aria:

"Attraverso il respiro sotto il mio controllo
Sento il mio sangue, la mia forza
Ed entro nella mia realtà

Su di me ti sento
Vicino e inaccessibile
Ed avrò il consenso della natura e degli Dei".

Art la guardava pensoso. Un solo pensiero lo occupava, intensamente:

"Anima mia" – pensava qualcosa dentro di lui – "le tue lacrime sono sacre e salate".
Si alzò pesantemente, come se dovesse sfidare la legge di gravità. Sotto le sue scarpe i sorveglianti avevano, infatti, applicato dei sensori che indicavano il senso in cui doveva procedere. Lampeggiavano verso le sale comuni, a nessuno era permesso entrare nelle camere altrui, i sensori cominciarono quindi a ronzare fastidiosi, segnalando l'anomalia dei suoi movimenti.
Allora, Art tolse le scarpe.

Silenzioso, scalzo, senza farsi notare entrò nella stanza di lei.
"Voglio bere le tue lacrime": goffamente con la lingua esposta, come un bambino inconsapevole, il giovane le si avvicinava. Rivestita da una tuta animica che poteva trasformarsi immediatamente nel vestito adatto all'induzione prevista dalla "macchina", Joy ebbe un sussulto. Cominciò a tremare dalla testa ai piedi.
Art le si avvicinava, ma tutto era scandito da un altro livello di tempo.
Quel bug stava velocemente prendendo il sopravvento.
Nell'infinitesimale spazio di un nano secondo, Art capì e tratteggiò dei codici sulla tastiera olografica della stanza; i due vennero catapultati nell'**Oltre Spazio**, un canale interspaziale virtuale interconnesso con ogni tempo storico e con le coscienze di chi in esso penetrava. L'Oltre Spazio era uno dei massimi divertimenti dei terresti del 2070: si poteva rivivere qualsiasi avvenimento storico, riagganciandosi alle scoperte scientifiche che avevano finalmente disvelato il segreto del tempo, il quale procede per sequenze specifiche, matematiche e riproducibili, come la combinazione di una cassaforte, che si attivi solo con la giusta sequenza. Ogni avvenimento è annotato su

specifiche coordinate in sequenza: tempo/spazio/atomi utilizzati/registro akashico, basta entrare nel rivelatore per rivivere ogni avvenimento passato nel più preciso e completo contesto.

Ovviamente molte date erano *secretate* con codici inaccessibili. Non vorreste di certo vedere *millantati eroi* piangere come vitelli di fronte al pericolo, o *illuminati* politici pensare più al sesso orale che alla responsabilità terribile di sganciare bombe intelligenti che distruggono interi paesi.

L'**Oltre Spazio** era considerato innocuo e sicuro. I cittadini potevano accedervi come volevano, in quanto anche lì tutto era sotto controllo e ben "edulcorato".

Art aveva digitato furiosamente, una data d'accesso disponibile, adesso non sapeva dove entrambi sarebbero stati catapultati.

Il tubo che li conteneva si fletteva flessuoso, di solito gli ospiti si guardavano bene dal toccarsi o avvicinarsi troppo in quella situazione, perché l'impatto fisico risultava debilitante ed estremo, ma i due ragazzi stretti l'uno all'altra si fusero sotto il flash potente della forza propulsiva del tubo che sfruttava la forza degli atomi aggreganti: quegli atomi che fanno da specchio ad ogni situazione vissuta sulla Terra e la rendono riaccessibile a comando. Da quando, nei primi decenni del '900, era stata scoperta *The old quantum theory*, nel nuovo secolo era stato un susseguirsi di scoperte fantascientifiche, rigorosamente mantenute segrete per quasi 150 anni.

Il segreto della giovinezza era racchiuso nel cuore dell'atomo che da millenni rinnova se stesso, rimanendo più o meno uguale nei millenni. Nel corpo di chiunque albergano atomi di miliardi di antenati e di specie diverse, perfino estinte.

Intensi spasmi e flash di luce a fissione quantica sparavano energia a ritmi spaventosi. Al ritmo di un folle shaker sincopato, il tubo viaggiante ebbe uno spaventoso acme oscillatorio finale che si quietò poco a poco, nel silenzio più assoluto che circondava i due ragazzi da quando si erano avviati nella macchina.

Si sciolsero poco a poco dall'abbraccio totalizzante che li aveva uniti, in modalità del tutto inconsapevole e irrazionale.

La porta del grande e luminoso tubo circolare si aprì e con un certo timore i due ragazzi si avventurarono fuori.
Una luce dorata li avvolse, soffusa di verdi mai visti dai loro occhi. Una natura intricata e viva si muoveva sotto le loro scarpe, l'erba verde smeraldo gemeva, umida di vita, sotto i loro passi.
Un senso di ineluttabile li seguiva, nel viaggio attraverso il tempo.

Un chiarore li guidava, in fondo alla distesa.

Nello scenario onirico che li circondava, i sensi venivano avvolti da una complessa sequenza di fenomeni naturali sospesi. Una luce abbagliante permeava l'aria: nel cielo c'erano più fonti di essa; ruscelli d'acque gorgogliavano misteriosamente. Uccelli dalle sembianze straordinarie solcavano il cielo. Il vento, tiepido e gentile, portava con sé aromi sacri. I ragazzi si avvicinavano sempre più all'ineffabile sorgente lucente. Vi si accedeva da un varco aperto in mezzo ad alberi maestosi che sembravano proteggerla e racchiuderla. Prima Joy, poi Art entrarono dallo stretto varco che separava i due livelli.

E fu lei la prima ad essere colpita.

La freccia trapassò il cuore. Un Angelo, possente e straordinariamente luminoso, solitario guardiano di quel *chôros apémon,* aveva teso il proprio arco e con grande maestria, aveva centrato il cuore della giovanissima terrestre.
La freccia trapassò Joy, come fosse un arco di luce che viaggiava a velocità istantanea… nel suo tragitto trovò l'altro, vicino, cuore battente e lo percosse e lo ferì.
Dall'alto, l'Angelo li guardava, avvolto dalle enormi ali, con le braccia possenti ancora tese a guidare l'Arco. Di frecce piena, la sua faretra.
Esausti a terra, essi erano abbracciati.

I cuori sanguinavano di una sostanza di luce.

Una sostanza eterea che li avvolgeva come una fune. Erano avvinti, legati, avvinghiati. Joy si sentì sciogliere di tenerezza, Art sentiva un trasporto sovrannaturale. I corpi dei due giovani erano sospesi in un'aura di sconvolgente disarmo. Art aveva, prima succhiato una a una le lacrime salate della ragazza, che tremava ancora, sussurrandole suadenti parole, poi aveva cominciato a baciare i teneri e perfetti seni di lei e i loro gemiti di dolcezza riempivano l'aria, con effetti straordinari… il giardino cominciava a fiorire, potentemente, senza tregua. Bagliori e gemme riempivano i rami protesi dalla brama di vivere. Una forza immensa si racchiuse dentro il sesso virile di Art. Ed egli la percepì con una lucidità completa, una perfetta centratura. Joy era disfatta dalle emozioni, dalle sue cosce, come sorgente, nacque un desiderio di completa unione, di totale dissolvimento, come acqua, nel cuore del compagno.

La coscienza e il desiderio si unirono in un abbraccio totale. Art saggiò leggermente il cuore verginale della ragazza, il suo imene, intatto, *apémon*, e la prese in sé, delicatamente, in un istante perfetto. Joy racchiuse in sé Art, con una leggera scia di iniziatico sangue sacro, e lo consacrò al suo mistero femminile, per sempre.

Speculare e convulso il loro orgasmo ricoprì la terra di fluidi sacri, mentre essi, uniti in un bacio e nei sessi, guardandosi negli occhi fino all'origine, si scambiavano le anime di posto. Le macchine induttive non avevano mai sognato tanto.

I sacri umori resero fertili il giardino. Frutti dorati, aurei, brillavano sul verde intenso dei rami.

Un ramo dorato si protese verso Joy, carico di frutti dai bagliori accecanti. Joy prese una mela, perfetta, aurea, con una luce divina.

La morse avida.

La porse al compagno.

La terra si mosse e un serpente dalla testa squamata si alzò dritto fino alle pupille di Joy per guardarla negli occhi. La lingua biforcuta vibrava, gli occhi della bestia scintillavano ipnotici. Joy agguantò la testa del rettile, lo sfidò, lo costrinse a piegarsi lungo la linea del corpo proteso verso l'alto. Lo batté fino a che raggiungesse terra, quella terra che ne avrebbe ingoiato la spoglia. Quando le fu ai piedi, lo calpestò fino a tirargli fuori lo spirito affinché ne fosse purificato dalla femmina terra.

Poi, sospirando, guardò il compagno.

- Giuriamo il vero. Ricominciamo, Art.

Il Giardino aureo brillava, soprannaturale.

Eros, possente, si alzò e distese completamente le proprie ali, maestose, che, per un momento coprirono tutto l'orizzonte. Prese la faretra e una freccia.

Distese l'Arco.

Una freccia si conficcò sulla verde e umida terra che ne bevve, avida, l'immane forza risuonando immediatamente ad un diapason altissimo, ed essa immane ne riecheggiò, vibrando, come arpa al vento.

- Ricominciamo, solenne disse, infine, l'Arciere.

L'ape regina

Ho cercato di far "sentire" quell'ape invisibile che curiosando fra le vicende umane apprezza contemporaneamente dolcezza e malinconia. Ho pensato che Grazia volesse darci un metro di lettura e forse non ho sbagliato.

Ϋ Ape Regina Ϋ

Ho ali molto leggere, lo so. Non so se reggeranno al lungo viaggio. Il mio corpicino è forte, pieno. I miei occhi che si aprono alla visione, sono come frattali che ricostruiscono tutto l'ambiente circostante.

Il mondo visivo entra attraverso quei tanti piccoli elementi, chiamati *ommatidi*, che formano i miei due grandi occhi composti.

Occhi muti e profondi come pozzi neri, come muta ragione e il tempo senza tempo.

Ci sono altri tre minuscoli occhi sulla mia fronte, piccolissime cellule che reagiscono alla Luce, segnando il passo del mio orientamento in questa dimensione. So dove andare.

Nel mio volo leggero riconosco luoghi e ambienti familiari. Conosco per istinto migliaia di fiori, il loro sapore segreto, il loro linguaggio velato, d'ambrosia, riservato agli eletti. Come regina di un piccolo popolo volante ho accesso a emozioni di un'intensità altissima. Non sono soggetta alle regole dello sciame: l'inebriante calice dei fiori, i loro profumi e sapori indescrivibili, per me, sono solo delizia. Mi nutro del loro amore.

Sono molto sensibile anche ad una speciale legge che opera sulla Terra, una peculiare forza di gravità. Gli umani, da poco, sembrano averla riscoperta, dopo secoli e secoli, e la chiamano "**Legge di attrazione**". Negli ultimi decenni, sembrano parlare solo di questo.

Certo, io, però, non vivo dei decenni. I nostri anni hanno un tempo/spazio assolutamente differente da quello della vostra specie. Noi siamo diversi.

La forza a cui sono soggetta la conosco bene. È un vortice che mi prende alla ligula, con un sapore muschiato di mieli di castagno e acacia.

Mi aggancia, e, in un solo secondo, mi porta in altri luoghi, in altri mondi.

Jung, talvolta, veniva visitato da me o miei simili alati e chiamava questo fenomeno di incursioni in regni biologici diversi con il nome di "**sincronicità**".

Sono arrivata a casa sua così. Richiamata da un vortice d'attrazione, un pensiero così netto e lineare che i miei occhi non potevano fissarlo.

Quell'uomo possedeva pensieri geometrici, **forme-pensiero** di una perfezione formale unica. **Castaneda** parlerebbe di un retto "*tonal*". Il mio sguardo di Regina ne gustava la struttura. Lo guardavo, e pur non riuscendo a vedere bene le sue fattezze e il suo viso, ne vedevo perfettamente una forma fissata nella sua mente, come se guardassi una fotografia.

Una massa di capelli lunghi, jeans, uno sguardo triste e trasparente. Sembravano laghi d'inverno, gli occhi.

I capelli formavano castane onde turbinose, come se appartenessero a qualche antenato di antichi popoli barbari. Li fermava come poteva, elastici, fasce, fermagli arcaici. Sfuggivano dalla fronte e dal collo, si fermavano proprio sulla nuca, dove si posavano ombre dissolte di baci. La pelle delicata, chiara, ricoperta da piccoli nei.

Volando radente sopra la sua nuca con un ronzio leggero e delicato che gli solleticava il collo e lo metteva di buon umore, ne sentii l'odore maschio e buono, senza correttivi, un odore di erba e rugiada.

Nel mio regno, gli odori sono un vero e proprio linguaggio sottile: una sola delle mie antenne contiene circa sessantamila neuroni olfattivi che riescono ad attivare la specifica funzione **Spazio/Tempo**. Anche alcuni individui della specie umana, riescono a tornare indietro nel tempo quando un odore sensibilizza la loro memoria emotiva. Ma per noi alati è un vero e proprio linguaggio turbinoso e completo. Infatti non è profumo di rugiada quell'odore tenue e salmastro.

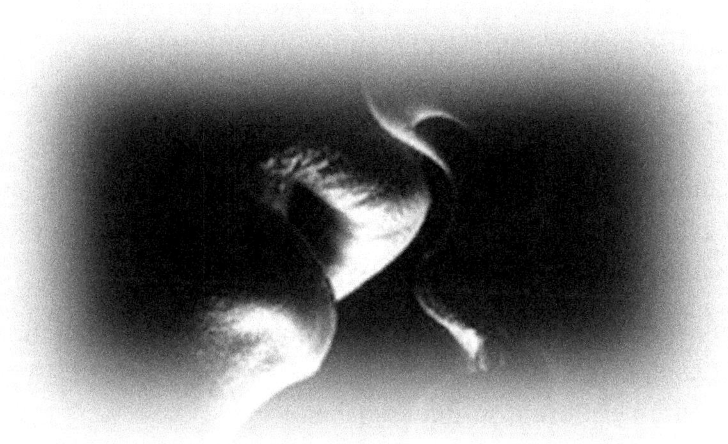

C'era la Luna quella prima sera. Enorme e misteriosa in un cielo blu, pieno di mistero. La Luna formava come un'eco di luce.

I miei occhi composti non potevano credere a se stessi. Una miriade di gocce formava una pozza di luce lunare nella sua stanza. I raggi di Luna vi si riflettevano e ogni goccia aveva un suo tempo, un suo riflesso. Ogni goccia un piccolo mondo, dilaniato, composto da catene. Anni e giorni, solo uguali.

Un'aura irradiante di rabbia lo attorniava. Fiamme si alzavano dal suo centro emotivo per esserne seppellite in silenzio.

Tra gli esseri umani i generi sono molto significativi. I maschi hanno spesso un cuore indomito, naturalmente combattivo, ma, se sono troppo sensibili, allora rivolgono verso se stessi questa loro forza e aggressività, se ne consumano, come un vulcano che arda sotto traccia e con divorante furore.

Nel suo petto il cuore batteva molto velocemente. Era solo e non si negava all'emozione: gli occhi erano come imprigionati, rapiti dalla bellezza della Luna, che sottolineava suonando una musica che solleticava le corde del cuore.

Nonostante tutto quel dolore, la rabbia silenziosa, ma evidente ai miei occhi, riconosceva ancora la bellezza, la ricercava, se ne esaltava con una tenue e speciale dolcezza nello sguardo.

Le mani sul pianoforte sollecitavano accordi in scala pentatonica che suscitavano esaltazione e spleen: floridi fianchi femminili, fiori rupestri, templi esplorati, sulfurei vulcani.

Mi allontanai per avere una visione a 360°. Era legato.

Una corda d'oro, un legame morto imprigionava la sua anima. Egli se ne sentiva degno. Si sentiva degno di morte. Quella corda, legata al suo cuore, poco a poco, nel tempo, ne avrebbe strangolato l'ardore. Era ormai al limite.

Sono davvero strani gli Umani che hanno l'immensa fortuna di avere un'Anima e un Corpo così perfettamente strutturati, composti, antenne perfette con organi anche sottili dalle rare e stratificate funzioni, creati per sperimentare il massimo delle sensazioni di Vita e, nonostante ciò… tutto sprecano in così spaventosi istinti di morte!

Oh, se avesse potuto vedere ciò che io vedevo: la pozza di lacrime, la corda d'oro, la sua bellezza salmastra di lacrime e ghiacci, forse solo allora avrebbe capito che la vera libertà è interiore.

Avrebbe capito che ogni tempo va lasciato andare, che bisogna liberarsi dalle temibili corde d'oro, che il corpo ha bisogno di esultare, o muore, e che tutto, tutto, tutto finisce, anche un solenne giuramento d'onore, girato a se stessi.

Non sapeva che il peccato peggiore è sprecare il tempo, i secondi, gli anni, la vita. L'inferno giace in quelle profonde inerzie che intorbidano l'anima, insozzandola, non il corpo. Si può restare e fuggire. Si può fuggire e rimanere fermi, lasciando però che l'essere vibri in pieno, come previsto dal Progetto, come giusto.

Io ero vicina vicina, ne toccavo il cuore e lo stavo sciogliendo piano piano, ma lui non lo sapeva ancora.

Il mio lavoro era lungo. Sarei tornata.
Dal mio corpo di luce si diffondeva un miele senza pari, di sottilissimi composti e di dolci compassioni viaggianti tra i vari mondi. Era scoccato il primo *Equinozio*, poi un *Solstizio*, un *Equinozio*, un *Solstizio* ancora, infine l'ultimo *Equinozio*, poi mi sarei dissolta tra effluvi e nebbie. Con le mie ali trasparenti e leggere, doppie e invisibili al mondo e a tutti.
A tutti.

La Luna già tramontava, sazia di luce e solenne.

by MAGIC JOE

È difficile tradurre in grafica la sensazione di sicurezza, serenità, pace interiore. Talvolta profumo e morbidezza accorpano questo genere di sensazioni, mentre il silenzio ne definisce i contorni.

Ï La treccia di Śiva Ï

Il giorno che Ganesh compì il sedicesimo anno di età, gli vennero sparse le ceneri sul cuore.

L'antico rito si compiva alla luce glaciale della Luna, maestra della notte e della morte, perché è lei che veglia su ogni soglia magica finale, su ogni emozione che si risvegli dal profondo sonno e dalla quiete, che Shani Deva, l'astro razionale, impone a quegli esseri umani, a lui sottoposti.

Quando Ganesh nacque, Shani Deva, infatti, il dio Saturno degli occidentali, splendeva, unico astro ad oriente, situato sul grado esatto all'ascendente della sua mappa natale.

Gli sciamani che stilarono il suo Rasi Kundali, rivelarono ai genitori che il suo, sarebbe stato un destino potente: Ganesh avrebbe vinto le fiamme del cuore, diventando un condottiero forte e risoluto.

Vidya, la giovane madre, a queste parole, sentì una lunga e dolorosa fitta al petto.

Le lacrime, brillarono ferme, dentro gli occhi intensi e seri, resi brillanti dal Kohl nerissimo. La vita da donna sposata, le fatiche quotidiane del piccolo villaggio, non avevano sfiorato la sua fresca bellezza, pienamente sbocciata, di donna.

Una treccia profumata di essenze, di lucidi capelli neri, le attraversava la fronte luminosa, si appoggiava appena sopra la bindi disegnata tra le sopracciglia, e, infine, sfiorando con grazia la testa, solcata dalla riga rossa del sindur, si attorcigliava graziosamente sopra il capo, come una corona. Il corpo era agile e pieno, il sari, per quanto fosse uno dei pochi abiti che Vidya possedeva, brillava di luce, disegnando con fluida intenzione, i seni traboccanti color mandorla, i fianchi promettenti, la figura piena e slanciata. Le mani ambrate e delicate mostravano disegni rituali di preghiera. I polsi, a destra e a sinistra, erano ornati dai braccialetti rituali delle donne sposate. Alle orecchie, due pendenti in filigrana d'argento e pasta di turchese, con piccoli coralli rossi, esaltavano la linea pura del volto e delle spalle, il sari, color dell'oro, velava dolcemente la luce lunare della sua pelle.

Ma, in quel momento, Vidya, era del tutto dimentica di quella bellezza che aveva stregato il proprio marito la prima notte di nozze, rendendolo devoto a lei per sempre e suo prigioniero del cuore. Quella notte lei aveva slegato la sua treccia, con movimenti irresistibili e sensuali, e il giovane marito, avvinto tra i suoi capelli profumati, trafitto dalla sua bellezza, cadde in ginocchio all'orlo delle sue vesti, giurandole santo amore eterno.

Legati entrambi alla nera treccia di lei, passarono una notte di concepimento e passione, una notte intera di estasi dei sensi, benedetta dagli stessi dei.

Vidya piangeva silenziosamente, guardando il suo primo figlio, quel figlio concepito in quella prima notte, quella notte in cui il suo cuore aveva raggiunto le rapide delle stelle. Il soffio della vita l'aveva invasa in quella sua prima notte d'amore, come un respiro, e aveva preso il nome di quel figlio, proprio per questo rivestito di un senso così intimo e così amato.

Lei aveva già sognato l'"*incontro*". Nel sogno le era apparso un albero immenso, con rami maestosi, e una moltitudine di piccole foglie, così tante che non era possibile contarle. La Luna **guardava.** Dal folto dei rami una voce le aveva parlato: "*Il momento è giunto, e eccomi, io sono arrivato, madre*".

Gli uomini, i maschi, anche i più forti, potenti e fieri, non possono immaginare la gloria di essere scrigno della vita. Sentirsi come terra nuova che fiorisce, è un privilegio dei sensi femminili. Custodire un essere che diventa il futuro, un essere nuovo, ma che contiene, in sé, tutto il passato, e congiunge tutte le generazioni, è la gloria dei sensi che solo una donna, una madre, assapora.

Il potere personale di una madre è più potente di quello di un guerriero. Perché se un guerriero può dare la morte e esercitare la vita e il potere, solo una donna riesce a proiettarsi e a possedere, il futuro, qualunque sia il passato da cui sia arrivata. Essere donna significa essere la materia docile del soffio della creazione, che giunge dal maschio Logos divino, l'immenso potere dell'universo che è l'inizio di tutto.

È proprio per questo motivo, che le donne sono condannate a soffrire la dipendenza dall'uomo in molte civiltà. Le civiltà di basso livello, primitive vibrazionalmente, non possono affrontare l'immenso potere femminile e lo devastano, uccidendo le loro donne, privandole di dignità e dissacrandone l'innata indole celeste, magari fornicando con loro con gli escrementi del sesso, la parte infima del sesso, vissuto come volontà di potere, di consumo di carni docili, di bisogno fisico, e mai come un dono mistico, soprannaturale.

Le lacrime scorrevano rapide, sul volto di Vidya, colorato di ambra dal sole e vellutato. Mai da quel figlio a cui avrebbe dato il proprio latte, sarebbe nato il fiume caldo dell'empatia che esiste tra madre e primo figlio maschio… Mai ci sarebbe stato sangue dal suo sangue, e carne da quella carne da stringere al seno, quando lei sarebbe stata vecchia e piena di rughe e bisognosa della speciale energia di sorrisi bambini, di gote paffute su cui poggiare baci amorosi di nonna, la donna che compie tutto il ciclo vitale, due volte madre del proprio figlio.

Quella sera Vidya, con il volto asciutto da lacrime, decisa e fiera, scivolò, senza fare rumore, fuori dal suo letto.

Lasciò Ganesh, immerso nei suoi sogni di latte e tepore, lasciò il marito, già profondamente addormentato, tra le stuoie e le corde del Charpoy, il loro santo letto coniugale, e si diresse verso il Tempio dedicato a Shiva, accanto a Nisha, la collina verde già piena di spaventose ombre notturne e di tenebrosi fruscii.

Aveva portato con sé frutta rigogliosa, raccolta il giorno stesso, e un profumatissimo paneer, di latte di capra. La sua fragrante e scura treccia, lasciata libera, danzava alle onde del vento, nelle umide ore della notte, decorata con un solo filo d'argento, che brillava intensamente alla luna. Tremante e risoluta, con uno sguardo mesto, guardò la dea lunare, fredda nel suo manto di luce. Vidya, pianse ancora, sciogliendo la pena che pesava sul cuore, le lacrime calde gelavano rapide, sul bellissimo viso nudo, esposto ai rigori della notte.

Ogni lacrima sembrava lasciare un solco color arcobaleno sul viso, dipinto di colori sacri. L'ombra della luna gettava arabeschi oscuri sugli occhi la cui luce era velata dalle palpebre chine. Senza far rumore, entrò nel tempio, sacro recinto di preghiera.

Nessuno vide e ascoltò le sue parole, nessuno si accorse di lei in tutto il villaggio. Le lacrime si legarono insieme l'una all'altra, come perle di un'infinita collana di luce. Perle silenziose, luce concentrica, esse arrivarono a toccare i piedi del dio Śiva e del suo cielo.

Immersa nel silenzio, la mattina giunse rapida e gelata. Il vento spazzava via le nuvole, mostrando le dita rosa dell'alba, e ripulendo giocosamente il sentiero di terra e polvere che portava alla casa di Ganesh.

In quelle ore del mattino, Vidya, tornò lentamente, a mani vuote, dal tempio di Śiva. Sulla altera testa scura, aveva poggiato un velo bianco di penitenza. Dietro il velo, la sua bellezza appariva sfregiata…La sua meravigliosa treccia di serici e neri capelli, lunga 16 interi anni della sua vita, era stata tagliata via di netto senza alcuna misericordia, e, legata ad un sigillo, segretamente donata, riposta ai piedi di Śiva il maestoso.

I capelli tagliati di netto, scomposti, le piovevano scuri sul volto, senza alcuna grazia. Vidya non poté fare a meno di provare una profonda vergogna, quando si vide riflessa nello specchio della fontana.

Sembrava una vedova, oppure una donna ripudiata dal marito, perché indegna, si sentiva come una *dalit* con i capelli mozzati, spioventi e disordinati, posati sgraziatamente appena sopra il collo da cigno. La sua forza sembrava svanita, insieme alla bellezza.

Tagliando i suoi capelli, aveva tranciato via il suo passato, il suo essere finora impeccabile, la sua bellezza, la sua giovinezza, e aveva offeso irrimediabilmente il proprio marito.

Quando il marito la vide, strinse i pugni con rabbia. Gli occhi gli si oscurarono di furore. Nel cuore gli salì un impeto di collera, e gli occhi furenti della mente immaginarono la giovane donna trascinata a terra, battuta e umiliata, fino a che la rabbia non fosse passata. La aspettò in casa, al riparo da ogni altro sguardo, minaccioso, le tolse il velo e la guardò silenzioso, mentre lei, impassibile, sosteneva il suo sguardo fieramente. Lo sguardo di Vydia sfavillava, sembrava riempire la stanza di luce. La bocca di lei taceva, ma la sua mente proiettava una potente aura dolente, e allo stesso tempo razionale e serena. Quella donna era un essere a lui superiore. Consapevole, muto, le si avvicinò, andò a prendere un piccolo vaso di creta, e ne trasse olio di cocco e pasta di sandalo, lo passò tra le mani, e con tenerezza infinita, massaggiò le corte ciocche nere di lei, facendole brillare, quindi fermò i corti capelli con un fermaglio prezioso e con una ghirlanda di gelsomini che nascondevano i capelli mozzati. Un bacio sul terzo limpido occhio di lei, sublimato di rosso, sigillò il loro amore eterno e il nutrimento celeste che da lei gli veniva concesso.

Gli anni passarono rapidi e Ganesh, cresceva quieto e profondo, con una saturnina severità sul volto. Passeggiando, tra le fronde dell'ombrosa Nisha, gli piaceva osservare la bellezza del mondo e meditare. Provava gusto fisico nel leggere e pensare, e un forte e sensuale afflato mistico, si impadroniva di lui, quando studiava le immagini tantriche che elevano il maschile dentro il femminile. Era riuscito a trovare, nel tempio del villaggio, alcuni testi sacri, e non si stancava mai di osservare le figure ardite e sensuali che abili artisti avevano impresso nei papiri. Quando osservava la magnificenza della Danza di

Śiva e Shakti, sentiva il suo respiro affannato nutrire l'anima come cibo celeste. Quattro erano gli scopi della vita:

Dharma la Virtù
Artha la Ricchezza
Kama il Piacere
Moksha la Liberazione.

Nei testi sacri aveva letto che la parola Kundalini significa: "Ricciolo di una ciocca di capelli dell'amata" …era una definizione che gli faceva volare il cuore, facendogli immaginare una spirale vorticosa di dolcezza, una pura esplosione dei sensi, tra languide chiome setose di donna. Ma Ganesh, non aveva mai toccato i capelli di una ragazza, e mai avrebbe potuto farlo. Il suo pensiero ne era, però, mille volte attratto, percepiva e sentiva tutto il mistero di Kama muoversi nel proprio cuore. Il Kama - il piacere – meditava silenzioso, è come una spada di fuoco che accende il sangue e genera il terrore di perdersi. Era affascinato dalle estasi del cuore. Sovente accade, infatti, che coloro i quali sono destinati a spegnere le fiamme del proprio cuore, ne sentano gli effetti in modo più forte e maestoso, rispetto a tutti coloro che vivono, con noncuranza, le proprie naturali ricchezze emozionali. Ganesh sapeva bene, che il suo cuore sarebbe stato spento dalla responsabilità da condottiero che il suo cielo celeste gli aveva predestinato… proprio a lui, sarebbe toccato il peso della bilancia della giustizia, le cui braccia, per trovare l'equilibrio, devono essere assolutamente prive di passione terrena e di ogni attaccamento materiale.

Il giorno in cui Ganesh compiva i fatidici 16 anni, perso tra le profonde onde delle sue meditazioni, nell'ora che si avvicinava all'addio al suo cuore, nel primo pomeriggio, sull'ombrosa e tenebrosa Nisha, percepì un pianto disperato, che proveniva dalla radura vicina. Sembrava l'eco del proprio disperato pianto interiore. Spiando, tra le ombre e i rami dell'enorme Banyan, l'albero dei desideri, che era il suo rifugio segreto, intravide la figura di Mayra una giovane del villaggio, la cui madre era da poco passata "oltre". Seduta tra gli arbusti fioriti di viola del malabar, la giovane sembrava trasfigurata da una affannosa preghiera.

Ganesh non era abituato a leggere il dolore nei volti degli abitanti del villaggio. La loro vita scorreva facile e serena. Gli uomini coltivavano la terra, le donne si occupavano del cibo, entrambi i sessi, poi, esprimevano la bellezza delle loro anime intessendo abiti meravigliosi e creando monili delicati e preziosi. Tutti godevano della ricchezza naturale degli alberi e delle piante, anche gli animali vivevano come esseri liberi. Un lento senso di eternità veniva coltivato nel cuore di tutti. Di tanto in tanto, qualcuno faceva il grande salto verso l'oltre, ma, di solito, erano persone anziane, che avevano compiuto il loro ciclo del tempo e anche la fine delle loro vite, appariva serena e naturale. La madre di Mayra, però, era morta ancora giovane, in modo molto doloroso, molto prima che la figlia diventasse sposa e donna. Le lacrime di Mayra, avevano il sapore di un brusco risveglio a una realtà che le appariva incomprensibile. Assorta nella preghiera, non si era accorta che l'agitazione del cuore aveva scomposto i suoi capelli e gli abiti, e il corsetto, che aveva slacciato perché il pianto le aveva tolto tutto il respiro, svelava tutta la pienezza del seno che sembrava di madreperla. I suoi seni nudi, apparvero così a Ganesh, come gioielli, perle incastonate nel busto eretto, che riflettevano il cielo. I riccioli scuri dei capelli ne facevano intravedere, a tratti, nei singhiozzi affannati, le punte delicate e sensibili, decorate e profumate con i colori dell'ambra.

Le labbra, bagnate da mille lacrime, brillavano rosse e umide come petali di rosa nella rugiada del più puro mattino, mentre Mayra, in ginocchio, mormorava preghiere senza parole.

Ganesh, nascosto e invisibile, affascinato, la osservava con un segreto riserbo, le sembrava di invaderle l'anima soltanto spiandone l'inconsueta disperazione e l'affranta e vinta bellezza.

Ma il suo sguardo, proprio come uno specchio che riflette la luce, colpì la sottile e vibratile aura della ragazza. Mayra si girò di scatto, e quando gli occhi dei due giovani si fissarono, l'aria sembrò farsi immobile.

Ganesh sentì scoccare dei raggi dal sole, come frecce che perforavano il suo corpo con luce abbagliante. Kamadeva, nascosto tra i rami dell'albero di Mango, sua dimora, emanò le 5 frecce del Kama composte da fiori e luci differenti che colpiscono tutti i cinque sensi, e suscitano l'amore in chi ne viene ferito. Nel tripudio viola dei boccioli di malabar, il giovane raggiunse la ragazza. Senza volerlo, le loro labbra si unirono e una passione senza nome e senza volontà, ne invase le membra fino a renderli febbrili ed ebbri. Ganesh, sentì in sé l'energia di Śiva, sentì le fiamme della Kundalini invadere il proprio corpo: la ragazza che gli si rivelava era la somma e il tripudio di tutte le altre, ed egli entrò in lei consacrandola. Lei rivelò a se stessa l'amore sacro che aveva sempre preservato solo per lui, e lo avvolse tra i suoi lunghissimi capelli. Tra le volute di ricci dei suoi boccoli scuri, come sacra Kundalini, egli venne, da lei, consacrato.

Così, egli la prese per sé, lentamente penetrando nella sua anima come in un tempio, sacro nel sacro, emanando il soffio regale del proprio spirito fin dentro la viva carne. Il mistero della vita, l'energia sacra del Kama, si svelava in un carnale e profumato fiore di loto che donava forza e potenza, e diventava musica di tamburi suadenti, nella corsa assordante del sangue. Mayra era la stessa materia vivente e incantatrice, che attraversa ogni cellula viva, in lei era il centro di una vorticosa spirale di piacere, il vortice fuggente di ogni più pura felicità.

Quando, nell'azzurro tramonto, i due ragazzi si risvegliarono alla realtà, brillavano le prime stelle e Ganesh, ripensò, con un brivido, alla cerimonia che avrebbe dovuto affrontare quella stessa sera.

Ebbri, quasi increduli e sgomenti, ritornarono al villaggio. Ganesh, trasfigurato, si guardava intorno sereno e composto, aspettando, e osservando i movimenti di Harshal, lo sciamano. Gli vennero legati i polsi e le caviglie, poi venne disteso ad un altare di legno, alla luce della dea notturna. Harshal tracciò un segno di potere sul terzo occhio del ragazzo, nel punto in cui era disegnato il Tilaka protettivo. Il vecchio capo, i cui movimenti erano lenti e intrisi di antiche conoscenze, mormorava parole di protezione e preghiera. Radunò polvere di erba Durva, petali di Aparajita, foglie di Tulasi, grani di Senape, fiori rari e foglie profumate in un braciere pieno di ceppi ardenti, e quando un profumo intenso si diffuse nell'aria e le ceneri erano ancora calde, le sparse sul petto di Ganesh, a sinistra, all'altezza del cuore, incidendone la forma con le dita adunche, sotto la luce fredda della luna, che osservava muta e gelida. Poi, lo sciamano alzò il mantra solenne, il potere di Om Namah Shivaya, il mantra più potente delle rocce.

Ganesh, sentì subito vacillare il proprio centro. La Luna si impadroniva di lui e gelava i pensieri e le membra. Dalla Tilaka sul terzo occhio, sentì stillare un sudore di terrore. Lo sciamano aveva cosparso la sua pelle con olio d'incenso volatile, profumato e lenitivo. Poi, con un gesto solenne, aveva preso alcuni rami spinosi di Datura, aveva colpito il corpo indifeso del giovane, e aveva frantumato i rami velenosi in un telo di lino candido. Adesso si accingeva ad avvolgere il corpo giovane e perfetto nel lino, tra i velenosi aculei. Già Ganesh, colpito dalle scudisciate dei rami sentiva raffreddare il flusso sanguigno, il dolore accecava ogni bagliore di coscienza, il sangue era come ghiaccio che stava raggiungendo il centro del cuore. A quell'età, con il corpo perfetto nell'equilibrio di tutte le energie, avrebbe di certo superato il trauma, ma il sistema nervoso sarebbe stato modificato, per sempre, da quella droga mistica e potente. Qualsiasi forma di attaccamento, nel cuore e nell'anima, sarebbe scomparsa e Ganesh sarebbe rinato, dalle ceneri ardenti del rito, come un essere di ghiaccio, privo di attaccamento e piacere.

Privato di volontà, si lasciò andare all'onda morbida, che gli faceva dimenticare chi fosse. Tra un momento tutto sarebbe finito. Attorno a sé, intravide i volti delle persone che aveva più amato. Somigliavano a indistinte, indifferenti, macchie di fumo. Incrociò gli occhi di

Mayra, la diletta, e il cuore sobbalzò vedendone la desolazione, poi, vide una macchia di oro e rosso avvicinarsi. Il sari era consumato dall'uso, i capelli sciolti e scomposti, il volto bagnato di lacrime, disciolto d'acque. Vidya, sorprendendo il vecchio sciamano che stava già avvolgendo nel lino il corpo giovane e indifeso, si adagiò sopra Ganesh, proteggendolo, e gli aculei velenosi la ferirono in ogni dove. Il sangue della donna macchiò il candore del lino sacro, Vidya si sentì diventare di ghiaccio, ma suo figlio era salvo. Priva di protezione magica e provata dagli anni, non avrebbe avuto salvezza. Fu come un lampo. La luna ne gelò la luce, rubandone il bagliore. Prima di sprofondare nell'oblio, Ganesh, vide una fontana d'acque e luce dissolversi, con i colori dell'oro e del rosso. Fu come se il gelo della Luna avesse dissolto il corpo materno in una miriade di raggi di luce di ghiaccio, i quali si sparsero tutto attorno, in forma di cerchio magico, esplosi in mille frantumi. Della bellezza regale di Vidya, nulla rimase. Mille scintillii argentei volarono nell'aria, e la Luna, avida, se ne impadronì. Presto non ci fu altro che vuoto e silenzio.

Per mille giorni, Ganesh, salvato dall'amore, sentì un dolore sconfinato alle radici del cuore, che lo tormentava invincibile e tenace, sordo ad ogni rimedio.

***

Kamal giocava immemore e tranquillo. Non raccontò quasi a nessuno cosa gli era accaduto all'età di 4 anni. Nel tempio dedicato a Śiva, aveva trovato un vecchio cartiglio, legato con un filo di seta a una meravigliosa treccia, decorata da un filo d'argento. L'aveva toccato affascinato, e, da esso era, d'improvviso, affiorata una dea. Una donna meravigliosa aveva sistemato la treccia come una corona sulla testa, e poi luminosa e bella come l'alba, lo aveva preso in braccio e baciato, bagnandolo di radiose lacrime. Aveva sentito la protezione di quell'essere invadere l'anima, come un sigillo, sempre e per sempre. Poi, così come era comparsa, la figura luminosa e dolce, era

83

scomparsa, ma Kamal conservò il segreto e il calore del ricordo, per lunghi lunghi anni, e solo pochi, pochi eletti, conobbero la storia meravigliosa della treccia vivente di Śiva.

Il primo a conoscerla fu Ganesh, e il suo cuore a quelle parole batté forte come un cervo che fugge, pieno di gioia e rimpianto, dolore e tenerezza.

Insieme a Mayra, la diletta, raccolse la treccia in una teca d'argento e la ripose nuovamente ai piedi di Śiva. Śiva, dall'alto dei cieli, davanti a quell'omaggio, sparse le sue terribili trecce nel cielo, furente, ricordò che la sua regola era stata violata. Un essere, a lui consacrato, gli era stato negato. La verde terra gelò su buona parte della sua superficie, tremando e vomitando fuoco. Poi, una lama di luce, penetrò nel suo terzo occhio, calmando la sua furia tramite il sereno raggio degli occhi di Shakti. Un suono si udì, un suono non ferito, non danneggiato, e la terra rinacque verde.

Davanti al sacro altare, Ganesh sparse lacrime d'amore per la donna che, forte e saggia, in virtù del suo cuore, non aveva mai esitato, neanche di fronte agli dei, e sempre e per sempre, aveva salvato la grazia del suo cuore, in vita e nel sacrificio, in morte e oltre, in quelle misteriose e sconosciute, temibili, oscure terre di mezzo che segnano i confini del regno della morte.

L'immagine è stata realizzata con l'aiuto dell'intelligenza artificiale. Terre blu, sguardi di polvere che si perdono e si ritrovano, nel fischio elettivo di un treno. (Immagine realizzata da Gioann Pòlli)

Ϋ Damnatio Memoriae Ϋ

La mente della mia generazione è come un'ancora che vacilla nel vuoto, alla deriva tra due mondi. Siamo uomini e donne di un altro millennio, di quel '900 intriso di funambolica modernità, conclamate diversità, disinvoltura, dispregio di ogni schema. Tanto per cominciare noi siamo boomer, esseri fortunati, destinati a uno sviluppo totale delle potenzialità. Non abbiamo smarrito, non potevamo smarrirlo, un grammo di noi stessi.

Mentre la radio va, con le canzoni di oggi che hanno tutte un medesimo suono, inutile e stupido, i miei pensieri corrono come il treno in cui sto viaggiando, alla ricerca di pace e della versione migliore di me stessa.

Ho lasciato un biglietto attaccato allo specchio del bagno, ancora umido di vapore: "Vado via qualche giorno: non preoccupatevi. Bacio". Mi sono quindi ritoccata le labbra con il rossetto rosso intenso e ho evidenziato il bagliore degli occhi con il kajal che ho sempre amato usare. Ho l'età di una vecchia bacucca, sono più vecchia di un gufaccio e si vede, ma incredibilmente il mio cuore è ancora verde come acqua di fonte e anche il mio corpo è un puro concentrato di chimica: anche questo è un regalo dell'altro millennio. Le strade sono piene di anziani come me, verdi e diritti come ragazzini.

Non ci siamo fatti mancare niente, noi boomer, neppure l'eterna giovinezza, anche se, ne sono certa, c'è un segreto in questa strana sindrome, un segreto *riposto,* che non ci viene rivelato. Forse ciò dipende dal fatto che non abbiamo più tempo. Ecco, mi rivolgo a voi miei venticinque lettori di manzoniana memoria. Forse, anche il tempo rientra in una categoria che può definirsi fisica, e in fisica tutto ciò che è misurabile è anche definito e limitato e anche il nostro tempo è ormai desunto, ridotto, un tempo entropico che ci farà girare in perno su noi stessi sempre più vorticosamente e soprattutto velocemente.

Non avremo più il necessario tempo, il lusso, la necessaria lentezza per poter invecchiare.

Mentre sonnecchio dedita al rimuginare dei pensieri, il treno fischia con un suono netto e prolungato. Un sibilo che si arrampica tra più dimensioni, tra la terra e il cielo. Il vento mi porta il sibilo vicinissimo, mi entra dentro le orecchie e subito mi fa balenare la memoria vivida di una ragazzina dell'altro secolo. Non c'erano molti libri, allora, a casa. Ma c'era un libro di Pirandello: "Novelle per un anno". Pirandello, scrittore e conterraneo di profonda fattura intellettiva, come altri ne avrei incontrato nella mia terra, mi affascinava. Era una lettura complicata per una ragazza di soli dodici anni. Eppure mi era tutto chiaro. Il povero signor Belluca descritto da Pirandello, il povero impiegatuccio succube del capoufficio e di una esistenza miserabile, era una metafora evidente della prigionia della vita, che può essere, però, sublimata in un solo secondo, magari ascoltando la suggestione e l'invito proveniente dal fischio di un treno che passa.

Mettiamola così: la vita è uno spettacolo in cui ogni essere umano rappresenta una dinamo di energia che nutre esseri superiori. Siamo comparse di un'iconica rappresentazione. Lo spettacolo celeste, con la vivida manifestazione di pianeti e stelle ci illustra modalità di esistenze che noi non possiamo comprendere, perché noi esseri umani siamo a livelli molto differenti e inferiori. La vita superiore ci risulta totalmente inaccessibile e incomprensibile. Molti, moltissimi umani pensano che un sasso sia inANIMAto. Che la Terra sia pietra inerte. Io, invece, l'ho sempre saputo di appartenere a una specie, a una forma di vita non eccessivamente brillante rispetto alle altre, con un pensiero limitato e, nei grandi numeri, priva di ogni capacità logica, in quanto spesso dedita a una totale involuzione.
Il fischio del treno, che intanto corre veloce tra i campi verdi, come nel racconto del mio conterraneo Pirandello, risveglia i miei ricordi dormienti.
Vivida, mi appare una ragazza in fiore di cinquanta anni fa. È incredibile quanto io sia stata poco amata, poco accolta, mai compresa,

ma sempre coerente e "fedele alla linea". Nessuno ha visto le costellazioni del mio cuore. Il mio cigno interiore, l'hamsa, ha vissuto una lunghissima stagione di non appartenenza e di distacco sostanziale, che poco a poco è diventato un distacco anche fisico e materico.

Quando ho presentato il mio primo libro non c'era nessuno, anzi credo che molti ridacchiassero quando li invitai e, comunque, avevano di meglio da fare.

Ecco, il treno sferraglia con regolarità sfrecciando tra la luce e il buio. Ogni volta che il buio s'impadronisce del vagone mi arrivano raffiche, flash di ricordi. Questo treno è una metafora, un dono che si muove tra il passato e il futuro. Tutto il passato è fosco, come un lamento oscuro. Un lamento ripetuto cento volte, fino a diventare un gemito insopportabile. Il mio istinto è sopprimerlo. Come posso accettare tanti anni di terra umida addosso, coltre di morte soffocante sopra ai miei sogni? Come posso accettare decenni e decenni di silenziosa attesa sotto la neve? La mia amica Sara mi aspetta nell'isola grande. Esprime un desiderio per me, mi dona l'acqua e dissoda la terra.

Questo treno è un dono che si muove tra il passato e il futuro. Il passato è uno spreco. Una tentazione irrisolta. Il futuro è una fogliolina dal cuore verde, appena spuntata sotto la neve. Nella mia carta natale gli astri disegnano un universo compiuto: sono come una piccola dinamo di energie autonome.

Un piccolo universo sospeso, una vita di livelli zero, non comprensibile a tutti.

Ecco, il treno sfreccia rapidissimo.

A mille i ricordi si affastellano. Tre anni. Avevo un bellissimo abitino, quasi un tutù, in tulle, bianco, come quello di una ballerina. Tre anni, calzini bianchi e gambe scurissime, mi sentivo l'incarnazione della grazia. Fu la prima sensazione di vanità, di esercizio della bellezza, anche se in famiglia mi vedevano tanto bruttina. Solo mio nonno mi ripeteva che i miei occhi, la mia bocca sarebbero stati quelli di un cigno, che sarei diventata bellissima.

Deve essermi stato di grande conforto, forse il suo pensiero ha illuminato le selve del mio cuore, se dopo molto più di mezzo secolo le sue parole mi arrivano intatte, anche se non erano neppure rivolte a me direttamente… (infatti come potrebbe una bambina comprendere? ma certo… non è forse così?). Invece dopo tanti anni le sue parole sono gemme intatte che conservo e ho, forse, avverato. Ma è stato difficile guarire.

Molto. Impossibile direi.

"Velvet underground". La cantasti dietro il mio orecchio, con il tuo accento inesauribile, invincibile. La mia Terra radice della stessa Terra. Sono stata felice, autenticamente me stessa, tutte le volte che, per un puro miracolo di coincidenze, potevo parlarti.

Ti aspetto. Dammi ciò che è mio. Dammi il futuro che è stato rubato, defluito nella siccità. Rendimi giusta, tu che sei il cardine, la porta di gennaio, ianua sacra, porta degli inizi che attraverso atomi sottili mi porta alla mia realizzazione.

"Dio dal doppio volto,
è da te che l'anno comincia a passare;
tu che, senza voltarti,
vedi ciò che nessun altro dio può vedere,
mostrati dunque favorevole
e con un cenno
chiudi le porte del tuo candido santuario."

Ovidio - Preghiera rituale a Giano per il Capodanno.

In questo treno vivo un doppio livello di coscienza. A livello esoterico la sua velocità rappresenta il tramite che lega il passato e il futuro: entrambi sfrecciano insieme al treno che è come l'acqua. L'acqua cosciente di un fiume che scorre e che mai più potrà ripassare due volte nello stesso fiume.

Sotto le mie dita nervose e bagnate di pianto spunta il tuo nome. Non c'è un lungo futuro, il doppio sguardo di Giano non arriva oltre l'orizzonte. Avremo poco tempo. Un tempo per litigare e per discutere, per perderci io nel tuo petto e tu nel mio. Un tempo di vino e di rose, di limiti e segreti, di cupa *damnatio memoriae*.

Un tempo di negazioni, perché tanto ami *pòlemos*, quanto ami l'amore e le nostre guarigioni e il vivere con forza le radici di questo nostro cuor silente.

Alla fermata concordata ti vedo salire, guardando dal finestrino aperto, da cui, a piene ondate, mi arrivano luce e suoni di vita. Mi cerchi fino a trovarmi. Le nostre dita sono antenne che liberano adrenalina. Comincio a tremare come una foglia su un albero sotto il vento impetuoso e non smetto di tremare. Il mio tremare è una sottile comunicazione che indica un vivo stato di allarme, di fusione a un destino altro, di assunzione di responsabilità. Come Madre Terra voglio irradiare cura, con un apice di innominabili tenerezze. Si sospende il flusso ed eterna entro nella mia fine, la tua fine, il nostro inenarrabile percorso che avanza, inarrestabile come questo treno. Il treno piomba in un fitto buio. Nel ritmico pulsare eterno, per un momento la luce si sospende. Solo per un momento. Dalla neve risorgi, ancora stelo.

Ciò che è stato, se non è stato, ancora potrà essere.

Ianua nunc aperta est.

Grazia Velvet Capone Note Biografiche

Autrice in senso olistico, da moltissimi anni collabora con il musicista e autore Salvo Nigro dei Taberna Mylaensis. Scrittrice e autrice di testi letterari ha composto molti album musicali in qualità sia di autrice letteraria che di ricercatrice storica, curandone anche ogni singolo aspetto grafico. Ha collaborato con le emittenti: Antenna del Mediterraneo, Omnia News Tv, Radio Neb, Todo Modo Tv. Nel 1997 realizza la sua prima comunità virtuale dedicata a Battiato, suo conterraneo, una comunità che lascerà il segno, creando sinergie destinate a rivelarsi e a durare nel tempo. Nel 2021 progetta e realizza AUREA NOX, una comunità di Autori uniti in una prospettiva energetica e visionaria, legata alla ruota dell'Anno, che, in poco tempo, realizza un preciso e concreto progetto spirituale letterario-evolutivo.

Pubblicazioni e partecipazioni letterarie:

- "Ninfee di fuoco"
- "Juri Camisasca pages"
- "Cumannanti Giulianu"
- "I colori di Śiva"
- "Salone Alchemico"
- "Aurea nox
- "Alba Nox" (guida al femminile oscurato)
- "Re Birth- il libro della fenice"
- "Il libretto rosso dell'eros"
- "Siderea lux - il libro della luce"
- "L'arco d'oro di Artemide"
- "Battiatosophia"
- "Regina di Maggio - Beltane per la pace
- "Il re bianco - energie iniziatrici"
- "Il velo sulla soglia"
- "La porta di fuoco di Giano"

PLAYLIST   Sette Porte

1. **E ti vengo a cercare - ALICE**
   Racconto 1 "BAGLIORE"
2. **Artemis - AURORA**
   Racconto 2 LO SPECCHIO DI ARTEMIDE
3. **'Nsunnai - AGRICANTUS**
   Racconto 3 DIES IRAE
4. **Bocca Scura, Donna Villa - SALVO NIGRO**
   Racconto 4 DEA VILLA
5. **La realtà non esiste - CLAUDIO ROCCHI**
   Racconto 5 IL GIARDINO AUREO
6. **The power of love - FRANKIE GOES TO HOLLYWOOD**
   Racconto 6 APE REGINA
7. **Ovunque proteggi – VINICIO CAPOSSELA**
   Racconto 7 LA TRECCIA DI ŚIVA
8. **I get along without you very well - CHET BAKER**
   Racconto bonus track DAMNATIO MEMORIAE

https://qrco.de/bdkSL5

Se la prima di copertina non suscita perplessità essendo il ritratto "semplificato" dell'autrice (pur con mille segreti, come l'anima detiene), nella quarta ho dato luogo a una serie di enigmi e metafore che non vorrei spiegare. Mi limiterò a dire che ci sono tutte e sette le porte.
Ci sono tutti i riferimenti per aprirle e leggerle. Una sedia vi aiuterà a varcare quelle più distanti (ma sarà davvero una sedia? O sarà semplicemente una metafora?).
Capita che altre porte si aprono, semplicemente ascoltando.

Voglio ringraziare l'Autrice per avermi permesso di leggere per primo e rappresentare le sue sette porte, imbuto obbligatorio per accedere ad anime universali.

Giorgio Salidu - Magic Joe

Sommario

Indice delle immagini

IL PROGETTO ETICO DI AUREA NOX

AUREA NOX è un progetto etico collettivo nato in rete nel Maggio 2021 da un'idea di Grazia Velvet Capone che ha ideato e realizzato anche tutte le elaborazioni grafiche.

Le energie creative del gruppo confluiscono nella collana-esperimento evolutivo chiamata **AVALON - Terra Sacra**: un luogo letterario dove gli autori si confrontano con un tema comune. È nata così l'idea di creare una pubblicazione ritmica, legata alla ruota dell'anno, adatta a tramandare forme-pensiero di profonda e assoluta ricerca evolutiva.

Una virtuale unione di intenti. Un Seme che diventi Quercia.

Di seguito ecco le altre collane editoriali

- BEE BOOK - SII UN LIBRO - Collana per bambini
- SEVEN DOORS - Sviluppo spirituale
- BREVIS - Saggi e Racconti brevi
- LYRA - Poesia
- HELOQUENCE - Diari, Romanzi, Manuali
- TRIBAL - Viaggi, Magia, Territori
- AUREA MAGISTRA - Percorsi e itinerari storici

Per contatti, richieste, collaborazioni:

 Mail aureanox@libero.it
Gruppo Facebook
Aurea Nox - Scrittori- Editori

www.ingramcontent.com/pod-product-compliance
Lightning Source LLC
Chambersburg PA
CBHW051503050726
47593CB00005B/2210